目 录

序　　我们不必做诗人，
　　　我们要做心中有诗的人　　　1

1　　新诗与古诗水火不容吗？　　9

2　　新诗不押韵，还叫诗吗？　　21

3　　新诗是分了行的散文吗？　　30

4　　新诗难懂，是否故弄玄虚？　　35

5　　港台诗比较肤浅吗？　　46

6　　诗歌是否一定带来心灵的安慰？　　56

7　　新诗如何谈论爱情？　　66

8　　新诗如何书写现实？　　73

9　　新诗可以反抗什么？　　78

10　　口语是前卫的标准吗？　　90

11	科幻的诗意	101
12	时间的诗意	112
13	空间的诗意	119
14	穿越的诗意	127
15	瞬间的诗意	133
16	丑的诗意	140
17	简约的诗意	147
18	不合时宜的诗意	153
19	城市的诗意	163
20	挑衅的诗意	177

21	任性的诗意	187
22	童心与梦的诗意	195
23	神秘的诗意	206
24	死亡的诗意	220
25	理性的诗意	228
26	历史的诗意	240
27	废墟的诗意	252
28	科学的诗意	261
29	政治的诗意	274
30	世俗的诗意	284

| 尾声 | 在寻找诗意的路上永远迷失 | 294 |
| 后记 | 未之诗也,夫何远之有? | 300 |

序
我们不必做诗人，我们要做心中有诗的人

> 诗人与诗，不卑不亢，陪伴着你前行在这个充满矛盾的世界。

把"诗"字拆开，左边是言，右边是寺，诗人就是用语言去建造寺庙的建筑工人。

诗人，好像从事的是人类工作中最浪漫的一种，但我知道，大多数人听到我介绍自己是个诗人的时候，心里都不是这么想的。

诗已经让他们难以理解，新诗就更加让他们莫名其妙了。我常常听到许多对新诗的质疑。比如说，都不押韵，这叫诗吗？你把散文分行了，就能说是诗吗？你写得这么难懂，是让我们猜谜，还是压根在故弄玄虚呢？我们当代诗人所遭遇的质疑，比一百多年前创新诗的胡适他们所遭遇的还要多。

新诗在中国诞生已经超过一百年，但对于大部分人来说，它仍然既熟悉又陌生。熟悉在于，我们都知道胡适、徐志摩、戴望舒这些早期著名的新诗诗人，都知道

《人间四月天》《再别康桥》《面朝大海,春暖花开》这些名篇;陌生在于,某些对于新诗的印象,过了一百年,却仍停留在表面。

新诗读不懂,新诗没有音乐性,新诗胡乱分行,这些误会加诸新诗身上,使得真正的新诗一直不为大多数人所见。在这本书里,我想澄清误会,为新诗正名。先围绕十个最常见的对新诗的质疑展开,来拉近我们跟新诗之间的距离,再分别用二十个层面去解剖,所谓的现代诗意何来、何在,它将写诗的人和读诗的人带向怎样的境界。

新诗的诗意在哪里,众说纷纭,有民间的立场,有学院的立场,有各种流派对诗意的定义。诗意是一个有机的、生长的概念,并不是固定或者绝对的,它的语意、范围一直在变,每一个诗人也都会尝试去重新定义诗意。

尤其是过去的一个世纪,经过新诗的努力,诗意的可能性已经大幅拓展,它以文学中的前卫地位挑战着文学的界限。诗意早已不是"枯藤老树昏鸦""断肠人在天涯"。

比如,关于月亮的诗意,过去,在中文诗的领域里,基本上是李白的领地,至少占了一大块。说到写月亮、月亮的诗,我们马上就会想到李白,另外苏轼这些比较浪漫的古代诗人,又占了一部分,剩给新诗诗人的地盘可以说很少了。

但是,新诗诗人有 NASA,有登月计划,有天文望远镜，我们能看到李白看不到的月亮，它的环形山，宁静海，像玻璃一样的沙子，它的低重力，等等，其实都带有诗意。这种新的诗意，李白没有机会接触到。靠新的诗意的开拓，我们就能够跟李白他们抢一些诗的地盘。

我自己就写过关于月亮的诗。

超级月
廖伟棠

超级月波动所有的儿子
不波动父亲
我挣扎我是渐冻的潮汐
遥想着我曾经水手的父亲

超级月波动所有的雌性
不波动雄性
我悲哀我是银亮的桂树
静对一把银亮的斧斤

超级月波动所有的异乡
不波动故乡
我若成舟我将无处绑缆
我将成舟我竟刻痕满身

这首诗试图连接的是科学和传统诗意。"超级月"是网络时代出现的名词,月亮的引力会牵动地球的潮汐,而且对女性情绪的影响比对男性更大,这都是当代的医学发现,是李白所不知道的。但我这首诗所抒写的,又是最传统的亲情、乡愁,这些已经被古人写烂了的主题。

我用现代的、科学的方式重新接近这个主题,最后把这首诗拉回吴刚伐桂、庄子"泛若不系之舟",还有"刻舟求剑"这些典故里去。但是,我已经颠覆了这几个典故,使它们跟现代人在现代城市里走投无路的情绪相呼应。"举头望明月,低头思故乡",这是只要回到故乡就能停止相思,而"超级月波动所有的异乡 / 不波动故乡",是回到故乡也找不见故乡的现代流浪。这就是我想通过这本书分享给读者的诗意。

杜甫说过,"不薄今人爱古人",诗应该是宽容的,至少我期待它更加宽容,接纳更多读者去爱它。我从自己的喜好出发,挑选了几十首杰出诗作,包括北岛的《一切》、辛波斯卡的《种种可能》、余秀华的《我养的狗,叫小巫》这些名作。

读过这几十首诗,扫除对新诗的疑虑或者偏见之外,我们都会变成诗人吗?

当然不会,每个人都变成诗人并不是一件好事。想想写了四万三千首诗的乾隆皇帝,或是"文革"后期天津一个叫小靳庄的村庄,那里的人每天都写诗、赛诗——诗的泛滥,有时会变得令人毛骨悚然。

我们不一定要写诗,但我们可以成为心中有诗、发现城市有诗意的人。

我的好朋友、优秀的汉语诗人黄灿然,他就用自己的诗,表现出那种发现城市诗意的状态是怎样来的。

全是世界,全是物质
黄灿然

世界全是诗,物质全是诗,

从我睁开眼睛的那一刻起,

我的赤裸是诗,窗帘飘动是诗,

我妻子上班前的身体是诗,

我上班前穿衣服穿袜子穿鞋时

小狗小小的不安是诗,

我对她的爱和怜悯是诗,

我来到街上是诗,水果档是诗,

菜市场是诗,茶餐厅是诗,

小巷新开的补习社是诗,

我边走边想起女儿是诗,

路上比我穷苦的人是诗,

他们手中的工具是诗,

他们眼里的忧伤是诗,
白云是诗,太古城是诗,
太古城的小公园是诗,
小公园躺着菲佣是诗,
她们不在时是诗,她们在的地方是诗,
上班是诗,上班的人群是诗,
巴士站排队的乘客是诗,
我加入他们的行列是诗,
被男人和女人顾盼的年轻母亲
和她们手里牵着的小男孩小女孩是诗,
巴士是诗,巴士以弧形驶上高速公路是诗,
高速公路是诗,从车窗望出去的九龙半岛是诗,
鲤鱼门是诗,维多利亚港是诗,
铜锣湾避风塘是诗,渔船游艇是诗,
我下车是诗,在红绿灯前用生硬的广东话
跟我打招呼的那位叫贾长老的白人传教士是诗,
他信主得救是诗,我没信主也得救是诗,
不信主不得或得救是诗,
太阳下一切是诗,阴天下一切是诗,
全是诗。

而我的诗一页页一行行
全是世界,全是物质。

香港这个世界上最物质主义的城市，经常被内地传媒笑话为文化沙漠的地方，却给诗人黄灿然提供了那么多诗意。归根到底，在于诗人能够用眼睛去发现，诗人透过行走带来体验，这些都在他用笔去写诗之前，而诗就揭示了这个世界原本所具有的神奇。

反过来说，这是被发现的神奇，是我们日常生活的点金术，它让生活变得丰盛，像带有魔力一样。这个世界上很多人终日营营役役，并不知道自己就是诗。而诗人黄灿然，他一开始好像一个自恋的造物主，到处指点，指出这是诗、那也是诗，指出每一个上班的人、每一个平凡的人，身上都带着诗的元素、诗的因子。

这首诗的神奇之处在于，慢慢地，诗人承认了自己手工业者一样的身份，他不但把这些平凡的人提升到诗人的地位，同时又把自己从神秘的诗人，还原到跟所有身边这些努力去制造世界物质的人一样的地位。

他用诗去回馈这个世界的馈赠，不多也不少。这首诗和这个城市是平起平坐的。这也是我对诗的态度。诗意不是狂飙突进，不是浪漫得一塌糊涂，也不是犬儒、保守，用五百个常用字去写身边一地鸡毛一样的生活。

诗人与诗，不卑不亢，就像黄灿然一样，他们陪伴着你一起前行在这个充满矛盾的世界，一起用那些精确、优美或独特的字眼，去保存、去珍藏这个变幻莫测的世界里那些不变的东西。那是什么呢？可能是我们基因里存在着的对诗意的呼应，也可能是我们心灵中最脆弱或者最敏感的一块地。

通过这种书写、保存、传送，也许最后能得出属于我们自己的，同时又是开放的对诗的定义。希望透过这本书，我可以像诗人里尔克所说的那样，"建立起一座庙宇，在你们的听觉深处"。

1

新诗与古诗水火不容吗？

> 新诗没有格律，恰恰解放了它的音乐性，没有界限，就意味着无穷的可能性。

心里有绿色，出门便是草

我想你肯定是基于一种对诗、对美的爱打开此书的，那我们就从爱说起。

有的爱令人宽大，有的爱令人狭隘，但很不幸，作为一个新诗写作者，我经常感受到一些人出于对古诗的爱，对新诗怀抱着质疑态度，甚至带有某种恨。因为他们觉得古诗已经是完美、至高无上的，一提到古诗就沉醉得一塌糊涂，恨不得背出《全唐诗》来。但一提到新诗，就一脸不屑，觉得多读几句都会玷污对诗的想象。

这扬古抑今的态度，不但在民间的诗词爱好者里常见，有时候在某些知识分子或者研究古典文学的教授所写的文章里，也常常流露。前两年我看到一篇文章《诗歌是个人朝圣，与集体无关》，按理说是一篇专业的文章，但里面也夹杂着一两句对新诗的偏见与误解。

比如他说:"在我看来,首先,诗歌应当具有音乐性,要能背诵。现代诗大多是分行散文,只能看,不能读。"这两句话很能代表公众对新诗的偏见与误解。

新诗和古诗,尤其是好的新诗和好的古诗,真的这么水火不相容吗?其实归根到底,还是两种读者的爱所导致的误解:爱读新诗的人觉得旧诗太陈腐,离我们太遥远;爱读古诗的人觉得新诗太新,无法沉淀出来诗意,或是新诗缺乏音乐性,等等,双方都有误解。

其实,新古相通。我经常在一些古诗里读出强烈的实验性、先锋性,当然,也在很多新诗里读出它们和古诗的相通;除了相通,还为古诗"招魂",让古诗翻出新意来。就拿公认最像古人的新诗诗人周梦蝶先生为例好了。

周梦蝶是当代诗人,所有见过他的人都感觉他就是传说中的仙风道骨。他相貌奇古,举手投足像从桃花源里走出来的人物,当然,他的诗更是,他跟古代、古诗是亲密无间的。——不,我说错了,他是亲密,但不是无间。

这个"间"是什么?就是新诗特有的一种疏离。在新诗里面,疏离是一种技巧,它可能来自现代主义、存在主义、荒诞派……,是诗歌让人拓展想象力的途径。意象与意象之间,句子与句子之间,越是跳跃得大、疏离得狠,留给读者的想象空间就越大。这就是新诗的魅力所在。

周梦蝶先生恰恰读到了古诗里的疏离感,再以一个现代人在现代生活里所触碰到的疏离去呼应之。正是这种亲密中的间隙,让他接通了古诗当中的现代性,从而让古诗复活,而且是非常活泼地复活。

我很喜欢他的一首晚期诗作《善哉十行》。

善哉十行
周梦蝶

人远天涯远?若欲相见
即得相见。善哉善哉你说
你心里有绿色
出门便是草。
乃至你说
若欲相见,更不劳流萤提灯引路
不须于蕉窗下久立
不须于前庭以玉钗敲砌竹
若欲相见,只须于悄无人处呼名,乃至
只须于心头一跳一热,微微
微微微微一热一跳一热

这首诗那么打动我,确实跟古代有关系,里面出现好些古代诗词、戏曲中的场景,"流萤提灯""蕉窗下久立""前庭以玉钗敲砌竹"。但周梦蝶强调的是"不劳""不须",他要讲的是不用古典辞藻我们也能通古。

他通的"古"是什么?熟识古典的人,应该会从这首诗想到《论语》里的一段名言:"'唐棣之华,偏其反而。岂不尔思,室是远而。'子曰:'未之思也,夫何远之有?'"意思是,唐棣树开的花在风中翩翩地飞舞着,我难道不想念你吗?只是我家离你太远了。但孔子幽默,他反将一军,好像在笑话这首诗的作者,他说:哪里远?明明是你没有真正地想念对方,你要是真想她,她马上就会出现在你眼前,在你脑海里,在你心里,哪里有什么远不远?

多么可爱的一个孔子,跟我们想象中的老夫子、孔圣人是两回事。周梦蝶也是这么可爱的人,不要看他仙风道骨,一个老人家,他的诗充满孩子气的天真和真诚。

但他难道只是用这首新诗去演绎孔子的这句名言吗?并不是。我们还要留意他某些很不符合旧诗习惯的细节。他说,"你心里有绿色/出门便是草",这句非常特别。在古诗里常见的是"苔痕上阶绿,草色入帘青"这样的句子,是先有自然再有心像。所谓的意境,是先看到一个境,才生出心里的意。草地、青草、树木先存在了,诗人才说自己心里有绿色。

但周梦蝶老先生说,不一定,我心里有了绿色,看到哪里都是青草,哪里都是绿色。这简直可以令人想象一个动画般的场面：周梦蝶先生坐在家里，心里想到绿色，他一推门，绿色就哗啦啦从他的门口向四周蔓延，遍地遍野都是青草了。这就是新诗的主动性和旧诗的被动性之间的差异，新诗反而更加贴合孔子所需求的"之思"，你要主动去思念，然后才能逾越这种遥远的距离。

接下来很不旧诗的，就是音乐性。"心头一跳一热，微微／微微微微一热一跳一热"，这里含有一个节奏，可以说是简单的，也可以说是复杂的。简单在于，它模拟的就是心跳的节奏，复杂在于里面有一种婉曲——他心跳了，又想去压抑，但又压抑不住，所以才有中间的微微停顿，然后慢慢又跳动起来了。你可以说这是一种思念，一种爱，也可以说是老年人的一种克制。一个老年人，无论怎么克制，他还是心肠热的。

你能从里面听出那些否定新诗的人说的音乐性吗？读一首好的新诗，就能证明新诗的音乐性不是少了，而是多了。新诗没有格律，恰恰解放了它的音乐性，没有界限，就意味着无穷的可能性。过分强调格律诗和韵脚里机械的、表面的音乐性时，我们怎么能超越音乐本身呢？因为诗歌无论怎样追求音乐性，都无法跟音乐本身相提并论。正是因为对所谓音乐性的不满，才有了诗的发展。

你看，以上的解读已经存在大量需要调动你们想象力的情况，甚至你要想象自己在拍一部电影，把你看到的诗句，像看剧本一样，在脑海重现，才能够把这些跳跃的、巨大的句子透过蒙太奇手法，连成一部电影。

读旧体诗，难道就不需要这种想象力吗？阅读杜甫、李商隐、吴文英这些以实验性著名的诗人，更加需要想象力，一种积极的想象力。阅读新诗不过是把这种想象力承接过来，更加调动起来。越是读挑战性大的诗，越能在读到它、读通它的妙处时，得到更大的阅读愉悦。

长大了，就做热水炉吧

有些新诗是以现代方式复活古意，譬如刚刚分享的周梦蝶的《善哉十行》，但新诗与古诗的关联还不止如此。在新诗里还有一类诗，是以散文化、口语化的形式，去处理在古诗里往往是任重道远的主题。

关于诗和散文之间的界限，有一位神人废名早就说过，古诗多数是散文的内容包装以诗的形式，而新诗，是用散文的形式去承载诗的内容。这两者的区别在什么地方呢？其实相当多的古诗，如果剔除表面华丽的辞藻、平仄押韵的讲究，就是日记和应酬诗，只不过经过几千年的发展，文字被雕琢得琳琅满目。

当然，真正的大诗人例外。但即使是真正的大诗人，就像杜甫、李白，也有的是这种拿手到擒来的诗的语言，去包装那些相当乏味的题材的诗。

为什么说新诗是用散文的形式去承载诗的内容？那是一种更高的要求，意味着我们对世界万物的洞察里，本身就应该包含着诗意，并且用散文的方式去书写那诗意。散文的形式，不但没有削弱诗意，反而能够让我们更好地亲近这种诗意，并且在貌似没有诗意的文字之中得到顿悟。

古诗有一个传统说法："诗言志"。诗以言志，很难不沉重起来，尤其在我们的民族命运里。新诗则不然，新诗的形式比较灵活，言志的方式也就更加灵活。我们不妨看一个更极致的例子，跟周梦蝶相反的一种写作方式，西西写的《热水炉》。

热水炉
西西

妈妈问我
长大了
希望做什么
我说
我想做
热水炉
做了
热水炉

可以让妈妈

用手轻轻按一下掣

就有热水

洗脸

洗碗

又容易

清洁厨房的磁砖

做了

热水炉后

我又可以常常

<u>煮大头鱼</u>

给妈妈吃

我希望

到我十岁时

我就是个

十立方尺的热水炉

十二岁

就是

十二立方尺的热水炉

我并且要和别的

大大小小的热水炉

做朋友

一起做一点事情

譬如

让所有的小孩子

都有热水

洗澡

所有的妈妈

有热水洗衣服

我们还要

煮许多鸡蛋

玉蜀黍

冰花白糖糕

每个人都有的吃

如果冬天到了

我们这些热水炉

要全部去帮忙

把冰冻融化

叫小河

泥路和鸟巢

玻璃窗

斗鸡眼猫

水龙头和葱

大拇指和脚趾

都可以

暖暖地

暖暖地

睡觉

妈妈很高兴

妈妈说

长大了

就做热水炉吧

这首诗简直有点像是从麦兜动画里截取出来的，像是傻乎乎又热心帮人的麦兜小朋友跟妈妈麦太的对话。麦太已经困了，但又被这么可爱的孩子所感动，就说：那好吧好吧，你去做热水炉吧。

这首诗模仿的是我们小时候经常会被要求写的一篇作文——《我的理想》。老师期待你写"我要做科学家，我要做教育家，我要做这个家那个家"，最不济你也要说"我长大要当老师"。但是顽皮的西西小朋友，她说长大了要做一个热水器（热水炉就是香港对热水器的称呼），这样就能让一切都暖暖的。小时候我们可能真的会这么想，想做一辆汽车，想做一个机器人，想做一盏灯，甚至想做一个根本没有什么象征意义的事物。

当然，诗人毕竟是诗人，她像孩子一样随口说出要做一个热水炉的时候，并不真是随口说的。西西以魔幻现实主义小说成名，一般的理解，她是很西化、很现代派的一位香港作家，但她写诗的时候却分外孩子气，也可以说这是一种赤子之心。

赤子之心，是古代儒家很强调的，只不过大人反反复复说赤子之心，其实早就把它不知抛到哪里去了。在这首诗里，我看到西西跟儒家的相同之处。那就好玩了，一首这么口语化甚至是活蹦乱跳的诗，怎么会跟想象中正襟危坐的儒家有相通之处呢？

这就是诗人的奇妙。她通过这首诗，让我们发现儒家是具有现代诗意的，也可以说现代诗当中的爱复活了儒家中的仁。仁者爱人，仁者强调爱，而且他是爱其他的人，他具有丰富的同理心。

受儒家影响的诗人陶渊明，在给他儿子的一封信里写过这么一句话："此亦人子也，可善遇之。"他送了一个仆人帮儿子干活，特意叮咛，这个仆人也是别人的儿子，就像你是我的儿子一样，你应该像我对你一样去好好地对他。其实这也是在阐释着孟子"幼吾幼以及人之幼"的精神。

不过我还是觉得遗憾，陶渊明仍旧板起面孔写什么"命子""责子""示儿"，多少还是一本正经地期待自己的儿子能够完成儒家使命，成为儒家所期待的修身、齐家、治国、平天下，或至少是立德立言的人。

西西是纯粹从孩子的角度去写这样一种精神，这就是决定性的瞬间。她不像陶渊明那样，从成人的角度要求自己的孩子有赤子之心，她就是赤子之心本身。古诗里诗人板着面孔训人，新诗里诗人是自己；古诗里仁者要爱人，新诗里仁者先爱自己，然后才能推己及人。

西西是用孩子的童心去推己及人。整首诗看下来，她先从自己的妈妈延伸到别人家的孩子、别人家的妈妈，甚至延伸到地球万物。这又是一种超越传统的人类中心主义的想法，她不是先立人，而后兼并天下，而是朴素地直接思索，人与河流、泥土、鸟兽，与万物都是平等的。这又跟二十世纪六十年代西方的生态主义思想是相呼应的。

这样的诗意拓展，我想就算读给小孩子听，他也能听懂。这难道不就是古代诗人期待和推崇的所谓诗教吗？而且西西可能比很多古代诗人做得还要成功。

除了这种诗歌内核的古今相通，还有很多从技术层面继承和转化古诗美的，比如我接下来要讲到的卞之琳、张枣，一起来看看他们是怎样复活，乃至于把古诗的美变出更多花样来的。

2 新诗不押韵，还叫诗吗？

> 表面的韵律远远比不上情感的韵律重要。
> 诗的抑扬顿挫，应该藏在你的诗情里。

对新诗的误解中最常见的一句，许多人会挂在嘴边来挑衅的话：新诗不押韵，那还叫诗吗？押韵、音乐性这些概念，在旧诗的发展中其实已经有很多改变，到新诗就更加不成问题了，但大家还是随意拿这个来质疑新诗。

我想问，古诗的音韵跟现在的普通话发音距离有多远？有几个古诗词爱好者能唱出一首本来可以吟唱的诗词？既然古诗都不能做到，为什么用这么固化保守的音乐观来要求新诗？当然，音乐性是诗歌很重要的一部分，否则我们也不会习惯性地称之为"诗歌"了。古诗靠韵脚、对仗，新诗又如何变化出旧诗所不能及的音乐性呢？

关于这个问题，二十世纪三十年代就已经分成两派，一派是新月派的徐志摩、闻一多等人，他们开始诗歌实验，强调诗歌既要有建筑性，又要有音乐性。到卞之琳、林庚、吴兴华这些极致的新格律的实验者，他们试图汲取东西两方面的格律诗传统。

比如卞之琳,他直接学习莎士比亚十四行诗的节奏,强调"音步"的概念,就是说声音是有自己的节奏步伐的,以此来营造每一个句子的顿挫扬抑。他想用白话复活文言诗对形式的追求,同时又借鉴西方传统诗歌的格律。两种格律加在一起,他们发明了一个很好的形容——"诗歌的镣铐"。

这是半开玩笑的说法。提倡写赤裸裸自由诗的人,认为格律制约诗歌自由,是一种镣铐。但是像徐志摩、闻一多、卞之琳就认为,戴着镣铐跳舞也可以跳得很好,甚至镣铐可能成为舞蹈的一种伴奏。这就有点苦中作乐的味道了,所以我也并不是那么欣赏他们那么刻苦写出来的音乐。

另一派我更加喜欢的,是戴望舒、废名这些自由派诗人。戴望舒说过一句话,诗不能求于固有形式和韵律,诗的韵律抑扬存在于诗情。这句话从戴望舒的嘴里说出来比任何人都更有说服力,因为我们都知道戴望舒的成名作《雨巷》。

雨巷(节选)
戴望舒

彷徨在悠长,悠长
又寂寥的雨巷,

我希望逢着

一个丁香一样地

结着愁怨的姑娘。

这首诗我张口都能背出来，估计你也是，我们都被诗中那种迷离的节奏，江南绵绵细雨一样的节奏打动了。

这样一个以音乐性著称的诗人，到了他诗作的中年时期，却彻底反对这种表面的韵律，他认为表面的韵律远远比不上情感的韵律重要。他说，诗的抑扬顿挫，应该藏在你的诗情里。就是说，你写一首诗，你的情绪起伏本身就应当像音乐一样有急缓轻重，能够把读诗的人带入你的内心音乐中去。

写一首诗，从开始到结束，有点像是一场现代音乐的即兴演奏。它的即兴成分很多，因为情感的变化本身也是充满即兴成分的。很可能一首诗从悲伤开始，以欢快结束，或者悲伤的程度有某种变化。

戴望舒把音乐的发展性和反复性，用非音乐的形式带到诗中，这种深刻的内在韵律，是为了超越传统诗歌那种已经教条化的格律，它采取的是一种彻底否定的方式。

在他之后，二十世纪八九十年代，新诗写作者用了各种方式去实践这种自由的音乐。诗情从这里开始，走向一个更复杂的境地，其实也是更符合现代人思绪的境地，全面打破传统音乐的拘泥，融入现代人对音乐的想象。

把旧的音乐彻底打破,并不意味着在一地碎片里就没有什么可取的东西。一个真正懂行、懂音乐的诗人,往往会从最传统、最民间的那些好像已经不被现代人视为现代的音乐里,找到可以学习的对象。诗人痖弦就是如此。

痖弦是我最喜欢的台湾诗人,也是在我心目中汉语诗歌一百年里最优秀的十位诗人之一。为什么这么说呢?他身上携带着从大陆到台湾然后漂泊海外的经验,同时,他有极高的才华、对语言的敏感,以至于他虽然在二十多岁就几乎停止写诗,严格来说只出版过一本诗集《痖弦诗抄》,但这本诗集却成为新诗的经典。

对台湾、香港,甚至对部分的大陆写作者,他都形成影响。对我的影响就非常大,我青春期的写作很受痖弦启蒙,从他那里开始,我走向跟民谣的接触。

痖弦的民谣性非常丰富,他身上有来自大陆中原地区的民谣的滋养,也有他年轻时候热爱的西方民谣、西方摇滚的滋养。像这首《乞丐》,就把这几种滋养融糅在一起。

乞丐
痖弦

不知道春天来了以后将怎样
雪将怎样

知更鸟和狗子们,春天来了以后
　　以后将怎样

依旧是关帝庙
依旧是洗了的袜子晒在偃月刀上
依旧是小调儿那个唱,莲花儿那个落
酸枣树,酸枣树
大家的太阳照着,照着
　　酸枣那个树

而主要的是
一个子儿也没有
与乎死虱般破碎的回忆
与乎被大街磨穿了的芒鞋
与乎藏在牙齿的城堞中的那些
　　那些杀戮的欲望

每扇门对我关着,当夜晚来时
人们就开始偏爱他们自己修筑的篱笆
只有月光,月光没有篱笆
且注满施舍的牛奶于我破旧的瓦钵,当夜晚
　　夜晚来时

谁在金币上铸上他自己的侧面像

　　（依呀嗬！莲花儿那个落）

谁把朝笏抛在尘埃上

　　（依呀嗬！小调儿那个唱 ）

酸枣树，酸枣树

大家的太阳照着，照着

　　酸枣那个树

春天，春天来了以后将怎样

雪，知更鸟和狗子们

以及我的棘杖会不会开花

　　开花以后又怎样

　　这首诗是可以唱起来的，要一个乞丐模样的流浪汉打着响板来唱，当然也可以是一个爵士乐手敲着爵士鼓，或者弹着他的 double bass 来唱。

　　诗中反复提到莲花落，北方的朋友估计听说过，但也未必见过。它最早由佛教僧人在化缘时所唱，是用来宣传佛教教义的警世歌曲。宋朝开始在民间流行，演变成乞丐乞讨时唱的歌曲。清朝后期最盛行，到民国慢慢式微。但是痖弦先生，他很可能小时候在逃亡路上或大江南北的奔走路上，听过乞丐唱莲花落。

　　莲花落的表演者只有一个人，乞丐自说自唱，敲着

"七件子"给自己伴奏。演唱者两手执竹板,一边是两片大竹板,一边是五片小竹板,加起来就叫"七件子"。大竹板打板,小竹板打眼,唱起歌来有板有眼,节奏活泼。

为什么痖弦会选择这样一种节奏来写这首诗呢?除了写的是乞丐,而乞丐唱莲花落,他还想运用这种形式来配合怎样的内容呢?

我觉得莲花落之于痖弦先生的这首诗,就像西班牙的弗拉门戈(flamenco)之于西班牙大诗人洛尔迦,其中的音乐感和幽默感,往往跟诗歌内容形成剧烈反差。

弗拉门戈是一种充满激情和爱欲膨胀的艺术形式,但歌唱的内容往往是西班牙悲剧,诸如复仇、情杀之类,两者形成一种反差。同样,乞丐唱着莲花落,欢快地敲着竹板,唱的往往是自己有多么惨,我饿了多少天肚子,我给大家讲一个故事,你给我点吃的……痖弦了解这一点,他知道有一种文学的秘诀,越悲惨的故事,用越快乐的曲调唱出来,它就会越发悲惨。

越是跳跃的诗句,越能承担起主题的沉重,而不是一味地往下沉,一味地苦大仇深。痖弦的沉重主题就是离乱。

他们那一代台湾诗人大多数都是少年时在大陆从军,之后随着败退的国民党到了台湾,可能一辈子无法跟亲人再见面。痖弦曾经在纪录片里说过,民国37年(1948年)11月4日,是永不忘记的断肠日。因为就从那一天开始,他从军离开家人，之后再也没有见到自己的母亲。这种离乱是他诗歌的底色，但在这种底色上面，他辅以不同的色调，那就是不同的音乐、不同的意象。他用这种炫目的形式来掩饰那种说不出来的悲伤。

《乞丐》这首诗中有一些很细微的押韵，跨度很大，比如，"将怎样""偃月刀上"，到"侧面像""小调儿那个唱"，一直到诗的最末，"将怎样""又怎样"。也有一些韵隐藏在每一句诗中，像"月光""欲望"。另外，还有"城堞""芒鞋"这样密集但又不强调出来的押韵。

在这些表面的音乐性里，还掩盖着一种内里的音乐性，它通过几个惊人的意象呈现出来。

一个是酸枣树的意象，对应的是月光像牛奶一样照到乞丐的碗上。酸枣树远远看着果实累累，但吃到嘴里特别苦涩，也不能充饥；月光的牛奶更加虚幻，它虽然公平，但你知道，它也只是一个梦想而已，你绝不可能因为月光的公平而填饱肚子的。

另外一个意象是"牙齿的城堞"，城堞就是城上如齿状的矮墙，像一个人咧开嘴巴露出要吃人的牙齿。这个意象和后面"人们就开始偏爱他们自己修筑的篱笆"形成对位。篱笆好像是装饰性的，好像是彬彬有礼的，西方谚语说，"好邻居来自好篱笆"，但篱笆又是一种文明的伪饰，说不准篱笆背后是想要杀戮的欲望。

这些是意象上的对位，却产生一种音乐的效果，好比爵士乐里即兴和鸣的对位。爵士乐中每个乐器好像自行其是，但都围绕着同一个主题进行变奏，有时候走在一起，有时候散开。这首诗里潜在的音乐就是这样的，每个意象好像是零散的，像是一个乞丐随便哼出来的曲调，但最后它们又聚在一起，共同奏出这一首又哭又笑的哀乐。

最动人的一句，当然是"春天，春天来了以后将怎样/雪，知更鸟和狗子们/以及我的棘杖会不会开花/开花以后又怎样"，这是一种破罐破摔式的抒情。

一方面是，都已经饿成这样子了，已经不知道生命还能不能延续了，但还在欢快地唱着歌；另一方面，干脆不要去管春天来不来。春天来了以后，开了花，又会是怎么样？很可能是另一种：酸枣树开花了，但结出来的还是苦涩的果实。诗人用一种抒情的方式，去统摄整首诗中的叙事和戏剧性。

痖弦开创了一种特别的抒情诗，就是民谣体，它得到了民谣的精神。民谣最大的特色是那股抒情的劲，它把叙事的戏剧性冲突拉过来，为自己的抒情而服务。如果大家去听鲍勃·迪伦的歌，就能理解我说的是什么。

通过音乐来统摄叙事和戏剧性以后，诗人建立起来的不是一个乞丐而是一个高贵流亡者的形象。这个流亡者穿过中国大地，二十世纪四十年代，他已经不在乎自己的流离，只在乎怎样把这首一代人的流离之歌唱得更好。

3 新诗是分了行的散文吗？

> 自由诗的自由,在于诗情运行的时候是自由的,分不分行已经并不重要了。

网络上常有人为了讽刺新诗,把一篇散文,甚至一篇无趣的讲义或公文分行,说这就是现代诗,讽刺新诗诗人不过就是会分行而已。有句话更刻薄,说会按回车键就是诗人。新诗诗人对这种讽刺已经见怪不怪,往往一笑了之。

为什么诗歌要分行？我听过一个笑话——也不是笑话,是个真事。以前香港的报章给诗算稿费,通常按行数来算,导致有些穷困潦倒的诗人为了多要点稿费,拼命分行,一两个字就一行,把明明可能只有一百字的一首诗,硬是分出几十行来。写散文和小说的人看不过去,觉得凭什么你这样分行,比我密匝匝写满一篇的稿费还多？

其实严肃的诗歌,分行或者不分行,并不重要,它对应着上一讲所说的诗歌内在的音乐性,也就是一种情绪的流动。分行,怎么分,在哪里分,甚至不分行,就跟音乐里的切分、节拍、一个乐句在哪里断是相似的，不是只有像旧体诗那种豆腐一样整齐的分行，才是分行的正确方式。

很多人介意的是，诗要是不分行，和散文有什么区别？前面我也提到过，大诗人废名的高见是，新诗和旧诗的分别不在于是不是白话，而是旧诗内容是散文的，新诗内容是诗的。

因为废名认为，旧诗已经成为一种抽象的调子，实质上它的内容用散文就可以表述。而新诗要回归到真正的诗的自由中去。新诗所用的文字，其唯一的条件乃是散文的文法，其余的事件只能算是诗人作诗的自由了。用韵不用韵都没有关系，真正的好诗不靠诗的修饰，也能传递一种强烈的诗情。

这一点，后来在可以称为其弟子的诗人林庚身上又得到深化。林庚是研究唐诗和古文学的大家，同时也是一位大诗人。但林庚最早在诗坛出名，还是因为他曾经被戴望舒专门批判过。

林庚最初也尝试写新月派那种格律体的新诗，一块一块的豆腐干，里面充满从古典诗挪来的诗情画意。于是作为一位诗歌的革命者，戴望舒写了长文批判他，说他是直接把古诗翻译成新诗，只不过用新诗的模样去包裹古诗的骨子。

戴望舒还更过分，他做了一番演习，把一些古诗翻译成林庚体的新诗，又把林庚的诗翻译成古诗风，这些诗翻译过来都像模像样，好像是过得去的好诗。

不过，林庚没有受到戴望舒的打击，反而从这里开始反思自己的格律诗的限制，从而创立了"自然诗"的概念。他期待一种如宇宙之无言而含有一切，也便如宇宙之均匀从容地拥有自然谐和的形体的诗。

最终林庚也走向一种自由诗，但他重新思考了自由诗的自由。他说，许多人觉得，自由诗不过是形式自由的诗而已，这实在是今日自由诗的危机。

诗的自由去到极端会是什么状况呢？这就回到刚才说的散文化这一点了。一首好诗的散文化跟一首诗本质是散文是彻底不同的。

自由诗的自由，在于诗情运行的时候是自由的，到了某种程度，分不分行已经并不重要了。分行只不过是诗人把自己的感受提供给读者，为他发出内心的节奏提供方便而已。诗人把一句诗分行分行再分行，只是为了提醒你，读的时候在这里应该停顿停顿再停顿。但如果不分行，也并不妨碍一个优秀的诗人写出内心的波澜曲折。

散文诗就是其中最极端的一种形式，它根本不分行，表面看起来是散文，但一首好的散文诗，骨子里彻底是诗的。我认为鲁迅的《野草》是中国新诗史上第一本真正成熟的新诗集，他采取的就是散文诗的形式。

台湾另外一位我很喜欢的诗人商禽，也是以写散文诗著称，鲁迅之后散文诗写得最好的，我认为就是商禽。从他的名作《长颈鹿》，我们来感受一下，散文诗节奏的变化以及是什么让它跟散文区分开来。

长颈鹿
商禽

那个年轻的狱卒发觉囚犯们每次体格检查时身长的逐月增加都是在脖子之后，他报告典狱长说："长官，窗子太高了！"而他得到的回答却是："不，他们瞻望岁月。"

仁慈的青年狱卒，不识岁月的容颜，不知岁月的籍贯，不明岁月的行踪；乃夜夜往动物园中，到长颈鹿栏下，去逡巡，去守候。

就这么两段，像鸟一样，来往于诗和散文之间，变换出许多节奏。第一句是长长的二十多个字的长句。"那个年轻的狱卒发现囚犯们每次体格检查时身长的逐月增加都是在脖子之后"，是不是就像一只长颈鹿的脖子呢？

诗真是非常奇妙，它既有视觉元素又有音乐元素，这长得喘不过气来的感觉，就好像一个囚犯服着无穷无尽的刑，他们也不知道要经历多长的岁月才能重新获得自由。

另一方面这又呼应着一个超现实的景象——巡逻的狱卒发现囚犯长高了,他们的脖子越伸越长。但年老的典狱长告诉他,不是因为窗子太高他们才要伸长脖子,是他们在瞻望岁月。岁月漫长地流逝着,囚犯的脖子越伸越长,越伸越长也看不到尽头。

这已经是一次分裂,一次戏剧,把整个情境一下子倒转过来。接着第二段,节奏又变了。"仁慈的青年狱卒,不识岁月的容颜,不知岁月的籍贯,不明岁月的行踪",一串排比句倾泻下来,慢慢收住,到最后,由七字的排比变成三字的排列,"去逡巡,去守候",余音渺渺,让人恨不得要穷尽下去,却在这里停下来了。

到底他去长颈鹿的笼子外守候,看到了什么呢?他能看到这长颈鹿获得自由吗?当然不能,它就是动物园里的囚徒,怎么能获得自由呢?这个狱卒的守候,其实也是在发现另一点,除了笼子里的长颈鹿,除了监狱里的囚犯,他自己也成了岁月的囚徒。

音韵的节奏,到这里突然停止,是有一种遗憾要留给我们,这就是诗歌的言外之意。这时候就需要更进一步地代入,在这么一个囚笼里面,你能不能意识得到,你自己也是岁月的囚徒呢?其实我们每一个人都是。

1 新诗难懂,是否故弄玄虚?

诗歌语言是在不断地擦亮母语,让它重新焕发出光彩。

有人曾经问我,诗人是不是语言骗子?

不知道这话是褒是贬,如果是褒义,他可能是觉得诗人把语言用得太花巧、太漂亮了,通过这样的方式把想要灌输给别人的思想暗度陈仓,用这些美好的辞藻骗取读者的心。这是善意的理解。

要是贬义,那他真是觉得诗人只是巧言令色,实际上空洞无物,甚至就是故弄玄虚,让大家看不懂,然后觉得高深莫测。其实后者才是问题所在,很多人对新诗的第一印象就是读不懂。

诗如何读懂,为什么非要读懂,读懂读不懂的标准在哪里,对诗为什么要追求一种懂,想清楚这些问题,我们才能够继续下去。

说新诗读不懂,有一个潜在原因是对新诗的质疑,读者对这些诗人未必信任。新诗跟已经经典化的古典诗歌毕竟不一样。对于经典，我们有一种心态，觉得它是高山仰止，读不懂，是自己的问题。

但是面对同代的新诗写作实验者，就有点看当代艺术的将信将疑，觉得也有可能这个诗人是故弄玄虚。确实有些诗人是故弄玄虚的，但这本书里推荐的诗人，是绝不故弄玄虚的。我写诗的一贯要求就是不打妄语。打妄语，是对诗歌的真诚的一种侮辱。那么，有些新诗为什么看起来还是那么玄虚呢？这就是这一章想探讨的问题。

其实诗歌也像冯唐说的，的确有一条所谓的"金线"的存在，这条线以上是诗，这条线以下是不是诗呢？这当然不由我们来决定，只是说诗歌的确是有好坏之分的，有更加认真的诗，跟人的心性更加相关的诗，和更加虚假的诗，用励志格言来营造销量的营销性的诗。

现在，我们因为把诗发表在公共网络，这就衍生出一个问题——它是好也是不好——你会碰到很多所谓的非专业读者。但从什么时候开始我们要求诗需要专业读者来读呢？唐诗、宋词估计是不会有这种要求的，但是随着诗歌的精致化，随着诗歌的门槛逐渐提高，对读者的要求也不能不提高。

说诗读不懂、写得不好倒无所谓，我最怕的是捧杀。这种捧杀还不是到位的捧杀，比如你写一首政治隐喻的诗，他就会说你像北岛；如果你写一首意象跳跃或者装疯扮傻的诗，他会说这不就是顾城吗？或者更糟糕地，他说这诗太诗情画意了，太浪漫了。这样的评语真的很伤新诗写作者、认真的实验者的心，这样简单化地捧杀，把诗人和诗都符号化了。

这种误解，当然我们可以很轻易地归咎于诗教不力，或者说诗人脱离人民大众。这样说很容易，好像也立得住，但往更深处去想，还是因为在现在的语境里，日常语言和诗歌语言这两个语言体系之间的误会和冲突实在太大了。

这种语言的落差折射出来的，就是不同的文学观和意识形态的需要，导致不同的语言选择。而这些就决定了一首诗的命运或者一个诗人的命运，所以我也很希望这本书能够稍微纠正一些观念。

这个问题曾经发生在一个大诗人身上，犹太诗人保罗·策兰。他成长于德国，"二战"中全家被抓到集中营，父母都死在里头，他幸存下来，移居到法国，但最后仍不堪记忆的重负，也是深深地感到民族的命运和自己的诗歌不为世人所理解，终于以自杀来了结自己的生命。

保罗·策兰的诗震撼了世界诗坛，大家认为他是自里尔克以来最伟大的用德语写作的诗人。他最有名的一首诗叫《死亡赋格曲》，最广为人知的中文翻译版本由北岛所译，收在他的《时间的玫瑰》中。

赋格曲是一种古典音乐形式，通过不断地重复变奏展开，形成一个高度繁复而迷人的音乐结构，巴赫就是赋格的大师。这首《死亡赋格曲》收录在1952年出版的保罗·策兰的诗集《罂粟与记忆》中。以下是孟明翻译的版本。

死亡赋格曲

保罗·策兰

孟明 译

清晨的黑牛奶我们晚上喝

我们中午喝早上喝我们夜里喝

我们喝呀喝呀

我们在空中掘个坟墓躺下不拥挤

有个人住那屋里玩蛇写字

他写夜色落向德国时你的金发哟玛格丽特

写完他步出门外星光闪烁他一声呼哨唤来他的狼狗

他吹哨子叫来他的犹太佬在地上挖个坟墓

他命令我们马上奏乐跳舞

清晨的黑牛奶呀我们夜里喝你

早上喝你中午喝你晚上也喝你

我们喝呀喝呀

有个人住那屋里玩蛇写字

他写夜色落向德国时你的金发哟玛格丽特

你的灰发呀书拉密我们在空中掘个坟墓躺下不拥挤

他吆喝你们这边挖深一点那边的唱歌奏乐
他拔出腰带上的铁家伙挥舞着他的眼睛是蓝色的
你们这边铁锹下深一点那边的继续奏乐跳舞

清晨的黑牛奶呀我们夜里喝你
早上喝你中午喝你晚上也喝你
我们喝呀喝呀
有个人住那屋里你的金发哟玛格丽特
你的灰发呀书拉密他在玩蛇

他大叫把死亡奏得甜蜜些死亡是来自德国的大师
他大叫提琴再低沉些你们都化作烟雾升天
在云中有座坟墓躺下不拥挤

清晨的黑牛奶呀我们夜里喝你
中午喝你死亡是来自德国的大师
我们晚上喝早上喝喝了又喝
死亡是来自德国的大师他的眼睛是蓝色的
他用铅弹打你打得可准了
有个人住那屋里你的金发哟玛格丽特
他放狼狗扑向我们他送我们一座空中坟墓

他玩蛇他做梦死亡是来自德国的大师

你的金发哟玛格丽特
你的灰发呀书拉密

这首诗似乎有一种魔性的魅力,一方面来自它的音乐性,如我刚才所说,它在模仿赋格曲,一种循环往复的节奏。

诗人为什么要选择赋格呢?不只是音乐性的考量,更重要的一点,是他对德国文化的沉痛反思。赋格是由德国的音乐大师巴赫发扬光大的,很多人提到赋格会想到德国音乐。但是不要忘记,在纳粹德国时期,那些死于集中营毒气室的犹太人经历了什么样的命运。

有一部纪录片记录下来,当时的纳粹军官一方面让那些懂音乐的犹太人组成乐队为他们演奏巴赫、贝多芬、瓦格纳——这是德国音乐;一方面,他们听着音乐,然后把其他犹太人赶进毒气室。这些演奏音乐的犹太人也不会活太长,也会死得很悲惨,他们甚至还要为死难的同胞和自己挖掘坟墓。

这个史实,不但恐怖,更动摇了我们对文明的想象。为什么同样一群人,可以既喜爱那么高雅的音乐,同时又做出那么野蛮的屠杀自己同类的行为?

哲学家阿多诺从中得出一个结论,他说,奥斯维辛以后，写诗是野蛮的。经历了这样一种对人类文明的质疑，如果我们还从事艺术创作，是不是就成了凶手的帮凶？

作为诗人，我不认可这样一种质疑。诗歌正是在抵抗着文明的疯狂，就像策兰写下这首《死亡赋格曲》，成功地质疑了纳粹德国人所做的事情，同时还通过这首诗，把犹太民族曾经经历的命运戏剧性地推到了我们眼前。

这首诗用的是舞曲一样的节奏，写的却是极其可怕的事情。为什么牛奶是黑色的？为什么我们要晚上偷偷地喝，要喝了又喝，无时无刻不喝下这种像是我们命运一样的东西？

诗中写"德国的大师"，"大师"这两个字非常讽刺，一般我们用它来称呼贝多芬、瓦格纳这样的艺术大师，但这里的大师是一个杀人的大师。他善于杀人，一边叫受害者演奏音乐，一边挖掘坟墓。而且，他所造就的罪恶不但施加于灰发的书拉密（犹太人），也让金发的玛格丽特（雅利安人）负罪。

最后诗人说，"我们在空中掘个坟墓"，这意味着毒气室。犹太人进去以后，毒气也好，他们的灵魂也好，甚至他们被焚烧之后产生的烟雾也好，都飘往天空，所以坟墓是在空中的。

他说"躺下不拥挤"，这是指也许死去比活着还要舒服一点。因为在集中营里过着那种非人的生活，犹太人巴不得早点离开残酷的人世。

这样一首悲惨的诗，但同时又强烈地质疑着所谓的来自德国的大师，质疑着所谓的艺术准确性。准确性不只体现在音乐的对位和对艺术的要求，同时他们用子弹打人也是很准确的。

这首诗发表以后，得到了德语批评界莫大的重视，但是也有相当多的解读，令策兰从哭笑不得到深受伤害。对于犹太人——一个集中营的幸存者来说，这种来自德语的解读，注定是一种误读。

策兰说过，他最大的悲哀，就是要用杀害他父母的凶手的语言去写诗。因为他是一个受德语教育、用德语写作的诗人，这造成他一生最大的痛苦。

那些严谨挑剔、艺术品位非常高，但是又在潜意识里抗拒承认自己曾经犯下罪行的德国人，他们都把眼光集中在《死亡赋格曲》里那些超现实主义的意象，那些反复而迷人的节奏。有人甚至说，他们在诗中对立的残暴与温柔里，得到一种像禅师开悟一样的体验。

著名的诗人批评家霍尔特胡森甚至说，策兰通过大师级的技巧，制服了一个恐怖的主题，使他能够逃离历史中血腥的恐怖之室，上升到纯净诗歌的苍穹。这真是哪壶不开提哪壶。"大师"这两个字正是策兰诗里谴责的对象，用大师来形容受害者策兰，这相当于在伤口上撒盐，完全违背了策兰写诗的初衷。这位德国评论家认为，诗能够逃离历史的血腥去到一种沉思的境界。这种说法意味着对现实的逃避，甚至纵容。有的德国人就是通过这样的方式来回避历史的审判。

诗歌里的现实被这些高雅的读者美化成令人赞叹的诗歌的隐喻艺术。这个犹太人策兰，这个幸存者策兰，被忘记了。被记住的，是一个优秀的德语诗人策兰。这对他构成了最大的伤害。策兰很多年以后都忘不了这种伤害，最终选择自杀。

我讲这样一个沉重的故事，想说的是，假装读懂一首诗，甚至故意误读一首诗，是诗歌最大的敌人。所以问一首诗是否故弄玄虚的时候，其实还算是一个公正的诚实的读者。从这里出发，而不是假装自己读懂一首诗，其实更有发展下去的可能。

策兰对今天的诗人至少有两点启示。第一，一个诗人要反叛地具有宗教情感，那是一种像《圣经》里的约伯那样不断质问神和终极价值的努力；第二，诗人要时刻保持对语言难度的挑战，在语言上设置很高的自我目标，以期望得到更大的超越。

人人都可以写诗，参与诗人的队伍，但是只要你选择了写诗，就一定要努力精进，让你的母语在诗中得到一种新的面目，得到一种新生。新生不可能是容易的，我们都知道语言的新生决定了一种文化的新生。战后策兰的写作可以说给德语换了一次血，我们的汉语也期待这样一个诗人。

最后我想再分享一首策兰的短诗《法国之忆》。

法国之忆

保罗·策兰

孟明 译

跟我回忆吧,巴黎的天空,大秋水仙……
我们到卖花姑娘那儿买心:
心是蓝的,在水中绽放。
我们的房间里下起了雨,
邻居莱松先生进来了,一个瘦小男人。
我们玩牌,我输掉了眼珠;
你借给我头发,也输光了,他打败了我们。
他穿门而去,雨在后面追他。
我们死了,却能够呼吸。

这首短诗可以理解为爱情诗,也可以理解为政治诗,当然归根到底它是关于我们的存在的。我不打算做更多的解释,因为我确定策兰不是一个故弄玄虚的诗人,你一定能够感受到这首诗里的"我们"真真正正就是指的我们,我和在读这首诗的你。

当你能够感到这一点的时候,你就能领悟到里面的超现实场景到底意味着什么。这个邻居莱松先生在我们日常生活中难道不存在吗?

诗当然是没有门槛的,但诗又是有很高门槛的。日常语言在频繁地使用之中,让母语变得越来越熟悉,但是也越来越麻木,越来越失去诗意,失去光彩。诗歌语言就是在不断地擦亮母语,让它重新焕发出光彩。它是在追溯语言的源头和破坏语言的承袭。日常都这样用语言,已经用熟用烂,我偏不这样用,我要挖掘语言的潜能。

当然这些都给诗歌、给写诗和读诗带来了难度,这也是为什么我们读诗会有惊喜感、会有新鲜感的原因。我想这就是日常语言和诗歌语言最重要的不同。

5 港台诗比较肤浅吗?

> 诗的前卫在于对规矩的反叛,并不是在诗里叫嚣,打倒一切,推翻一切,就是前卫。

咸鱼在咸鱼的气味里游泳

跟许多其他类型的文学所遭遇的一样,诗歌也有一个地域鄙视链,比如港台诗歌就在这样的鄙视链中被归为粗俗与保守。

港台的诗是不是就比较肤浅呢?

从我目前的选诗就可以看出我的答案。到目前为止,我所选的诗歌多数是港台诗,这并不意味着我不喜欢内地诗歌,我深受当代内地诗歌的滋养,我的写作也深受其影响,而且我的许多诗友都是内地诗人。在诗歌语言的某些审美趋向上,或者说对诗歌理想的某些执著上,我也更趋同于他们。

那么我为什么选这么多港台诗呢?实在是出于想要纠正某些偏见:内地很多人,尤其是写诗的人和某些自讽的诗歌资深读者，多少都会有点忽视或者瞧不上港台诗歌。除了某种骄傲或者潜在的大中原主义作祟，还有什么原因呢？我很想探讨一下。探讨这个原因，也是为了追寻诗的标准何在，或者说我们对诗到底期许什么。

我想以香港老诗人饮江所写的《玄奥》为例，带你了解一个更为立体的港台诗歌形象。

玄奥
饮江

咸鱼在咸鱼的气味里游泳
虾米在虾米堆上跳
跳呀跳大海跳飞机
儿时，你背过脸偷放进口里
那块冰糖呢
那块冰糖
至今仍还未溶化
你随便捧起一把米
（在随便一间杂货铺吧）
那把米一粒一粒漏下
在你幼嫩的指缝间
噢，你苍老了的指缝间
有句话你说玄奥不玄奥

那天你踏进屋里
母亲挨在厨房里哀叹:
"叫你买斤油,
你呀,足足去了成世!"

饮江是一位土生土长、在香港六十多年的诗人,我们都称他为饮江叔叔,他留着像林子祥一样的两撇小胡子,他的工作是电梯的检修员。

这首诗写的是一个生于二十世纪四十年代的香港人的童年回忆,而回忆之所以产生陡转,令我们感到玄奥,是来自最后一句有双关意味的话。"叫你买斤油,你呀,足足去了成世!"

广东妈妈骂小孩,骂得都比较玄奥,经常会用一些大的词汇,"成世"。"成世"是一辈子的意思。叫你去买个油,你跑去了一辈子,怪你磨磨蹭蹭,把时间都浪费掉了。这样一句口头禅,真真正正是落到口头禅这三个字的本义去了,越是口头的越有禅味。

但禅味是在怎样一种平常心的基础上铺垫出来的呢?诗中写的是所有香港底层家庭都会触碰的东西,咸鱼。以前的人,不是每一顿都能吃到新鲜鱼的,冬天就会买些咸鱼囤起来,吃着吃着就成了香港特色,变成香港人怀念的风味。

咸鱼当然是死的,不会动的,一点新鲜感都没有的,所以周星驰才会说，人活着要是没有理想，那跟一条咸鱼有什么分别呢？但是这首诗一开始就说，咸鱼是会游泳的，它在它的气味里游泳。咸鱼死了，它的精神长存，它的精神就是它的气味。孔子不是说"如入鲍鱼之肆"吗？咸鱼的味道之大，连孔夫子都要闻之侧鼻的。

"虾米在虾米堆上跳"，虾米是晒干了的虾，而且一般都是很小的虾，它们也是在跳的。咸鱼之所以会游泳，虾米之所以会跳，那是因为观察它们的是一个小孩子，或者说是一个有童心的人，他才会看到这一切琳琅满目的死物都活过来了。在一个充满了活泼之心的人的眼中，一切都是活的。

与这死物之活相比的，是活物之死。下面有点惊心动魄了。那块冰糖没有融化——它代表的是儿时的甜蜜，除了冰糖，所有东西都面目全非了。米在手指之间漏下来——这是小时候小朋友都会玩的游戏，我自己就挺喜欢去米缸里抓把米，让它从手里漏下，那种感觉很治愈。

但看到这首诗，我们才意识到，米从指缝间漏下，那其实就是东方的沙漏。沙漏在西方古典油画里，永远象征着时间无情的流逝。而东方的沙漏由米构成，米又是人的生命中最基本的东西。

就这么一漏下，连接了两个触目惊心的意象，明明刚刚抓起米来的还是幼嫩的手指，下一刻镜头中已经是苍老的手指了。这简直就是蒙太奇手法，这么大跨度的时间流逝，在诗里边轻易得好像变了个魔术似的，但也残酷得像变了个魔术。

因为这是不可能还原的魔术，不可能回到原点的魔术。当他回到屋里，他用的是"那天"，这个"那天"可圈可点，既指童年时他去买油回来的那天，何尝不是他今天的那天呢？小时候的他去买油，作为一件往事，今天他想起来，想着想着，进家门看见苍老的母亲。母亲这句话很不幸一语成谶，只不过是让你去买个油，你竟然去买了一辈子。

从一辈子这个维度去看，这个油这个米，就不只是柴米油盐了，说的就是凡俗的生活，这种人人都无法避免的生活，是怎样把你的一辈子消磨掉的。玄奥不玄奥？其实并不玄奥，最玄奥的就是最现实的。

这样一首诗，骤眼看非常世俗，或者说带有某种童趣，你会以为那是相当简单、平易近人的诗。但正如这首诗的名字《玄奥》一样，玄奥是饮江的诗的一大特色。他的诗的底色是一种形而上的思辨，这种思辨有时候来自存在主义，有时候来自某种宗教意识熏陶下对某些终极价值的反思。口语，日常，有香港风味。

婚姻，其实是关于番茄酱的

在讨论一首诗时，有些人通常不会去评价想象力丰富不丰富，措辞是否变化多端，前卫不前卫，这些在他们看来都是次要的事。他们首先就会说，这首诗很"NB"，"NB"代指某些脏话。有时候他们使用脏话可能是为了表示自己惊喜，但其实同时也暗示着对诗歌某种潜藏的标准判断，即以是否狠、是否犀利来论诗的好坏。

这原因其实来自一种英雄主义的意识。我们希望诗歌可以成为疲惫生活里的英雄，在英雄意识的影响下，诗歌一味地追求高大上。当这种追求变成一种形式及负担时，诗歌就失去了本身的诗意，变成电视剧里爱叫嚣的"英雄"。

这里说的"高大上"除了指主流价值或者主旋律的高大上，还有另一种，比如某种伪科学，某种伪宗教，某种措辞上的高不可攀、陈义过高，这些都是新诗的某些特征。在这种一味高大上的追求下，诗人和读者就逃不了以"NB"论英雄的诗歌判断方式。

还有一个原因就是语言。学校教育、舆论教育还有公文教育，这几十年的教育下来，使得我们的语言充满战斗意识，这种战斗意识不但体现在它的剑拔弩张，或者说非黑即白，要置对方于死地，同时还体现在它大量使用军事术语和战略的思维来进行文艺思考。

我姑且不评判这种语言对汉语到底造成多少伤害，同时又带来多少革命意义。但是可以客观地说，习惯了充满战斗意识的语言，自然不习惯在温良恭俭让下培育出来的那种温润的、低调一点的语言。

而且这种战斗语言对新诗的影响,可怕在于,就算你是反对它的,也难以逃出它的套路,你必须用你反对的那一套来跟你反对的东西做斗争。大概到了这几年,才有一些作者能够彻底地摆脱这种战斗的语言。

另外一种语言是什么样呢?

我要先谈谈保守和前卫的划分。并不是说在诗里叫嚣,打倒一切,推翻一切,砸烂一切,就是前卫;不是说把语言玩得花里胡哨,支离破碎,上天入地,就是前卫。前卫往往取决于你的思想到底跟不跟得上世界最进步的思潮,我们且看看台湾女诗人夏宇写于几十年前的这首《鱼罐头》。

鱼罐头
——给朋友的婚礼
夏宇

鱼躺在番茄酱里
鱼可能不大愉快
海并不知道

海太深了
海岸并不知道

这个故事是猩红色的

而且这么通俗

所以其实是关于番茄酱的

如果去掉副标题"给朋友的婚礼",这首诗就是一首正常的咏物诗。它可能寄托了我们对失去的自由,对不能畅泳在大海里的罐头鱼的惋惜。

但假如是写给婚礼,我们就可以理解为,女诗人夏宇在对婚姻约定俗成或者习焉不察的想象做出反思。这种反思至今有效。

比如说,我支持同性婚姻作为法律上的存在。它唯一能说服我的就是,像手术要签字、遗嘱要执行这些法律层面的事情,是需要婚姻帮忙的。但是如果回到爱情上来说,就像钱钟书《围城》里写的,城里的人想出去,城外的人想进来。我们会开玩笑地说现在的同性伴侣就有点像城外的人。同性间的爱情为异性恋人所羡慕,因为没有那么多繁文缛节,没有那么多形式化的束缚。

夏宇几十年前的这首诗,她眼中的婚礼,就是消磨爱情、跟爱情无关的一种形式。

"海太深了/海岸并不知道"。我们在海里畅泳,就像我们在爱情中畅泳一样,最后总想上个岸,一上岸就意味着放弃这么深的海洋。

当然深海有风险,上岸比较保险一点。但上岸后很可能你就被塞进一个罐头了。罐头只不过是个框架,加剧这个罐头的,还有那一大摊番茄酱,它们无微不至、无孔不入地渗透在两个相爱的人中间,把他们挤得紧紧的。

我们要注意,番茄酱只不过是一种调味料而已,它掩饰了原味。爱情慢慢变成为爱而爱,为婚姻而婚姻,为家庭而家庭。尤其现在番茄酱还加了大量味精,以至于我们爱里边的恨也会被打扮成爱的样子。

我们千疮百孔,生活日益无趣,不由回忆当年是怎样山盟海誓,建立这一切。有人开玩笑说,华人的婚礼弄得这么繁复,劳师动众,就是为了让你结一次不敢再结第二次了。

最后夏宇还提醒说"这个故事是猩红色的 / 而且这么通俗",这让我们想起那种低级的恐怖片,经常就是用番茄酱来冒充血液的。夏宇最后这样结束,貌似在诅咒婚姻,给这场婚姻蒙上了一丝血色,但实际上那恐怖感不过是戏谑——仔细一看,中国式婚姻的大红主色,不也是如此吗?

好吧,姑且就当这是诗人的一种调侃。最后一句很重要,所谓的故事,生生死死,将来要建立的,要延续的,会不会只是为了臆想中的这么一坨番茄酱的鲜味呢?我们所有人都成了一个角色,去服务于一种约定俗成的爱情形式,这就是夏宇的《鱼罐头》。

为什么说这首诗前卫?它的前卫在于,它是一种对规矩的反叛，对大家已经习焉不察的东西的反叛，大家去争取它也好，去反对它也好，都比不上夏宇在这里直接道出，她的虚无冷静得不动声色，让你感到一丝可怕。几十年前她对婚姻里爱情的生存困境的认识，至今也不过时。

这首诗是低调幽默的，又是比较微妙的，它需要你冷静地去感受。同时，诗人和读者也是比较平等的，不是要压倒你，不是要征服你。

这样的语言如果令你觉得肤浅，那或许是因为你已经习惯了高音喇叭式的慷慨激昂。这样的诗如果让你觉得保守，那或许是因为你已经习惯了某种立场宣誓式的感情先行，而忽略了理性的思辨。

6 诗歌是否一定带来心灵的安慰?

> 安慰这两个字不足以涵盖它带给我们的对生命本身的深思。深思以后,安慰变得并不那么重要了。

诗歌是否一定带来心灵的安慰,这个话题无论对于诗人还是读者都有点尴尬。我想你选择诗,多少是因为曾经被诗安慰过,或者想要在诗里寻求安慰,这种安慰跟一般的心灵鸡汤有所不同,它更美,更富有意象,更有打动人心的力量。

但诗人可从来不敢保证自己是能够给予读者安慰的。有的时候,我们不但安慰不了别人,也安慰不了自己,而且越写就越会发现,所谓的安慰不过是一种虚妄。

但我们必须面对一个问题,读者渴求安慰是不是一种诗的功利主义?为什么读者渴求安慰?为什么诗人无法直接给予读者安慰?或者除了安慰,诗人还能给予读者什么呢?诗到底应该成为一种精神鸦片似的麻醉剂,还是叫醒读者的一把刀子?

也许两者都不是。

诗人北岛最有名的两句诗是,"卑鄙是卑鄙者的通行证,高尚是高尚者的墓志铭"。这两句诗当然谈不上什么安慰,也许读着读着有一种同仇敌忾的感觉,我们都视若无睹、见怪不怪的道理,诗人大胆地把它写出来,倒真就是这么一回事。

作为一个从"文革"时代走过来的诗人,北岛理应给予他的同代人以及后代很多安慰才对。因为那是一个最没有安慰的年代,所以才有伤痕文学、寻根文学的诞生。但是北岛向来都拒绝被定义为伤痕文学,他也拒绝被大家称为朦胧诗。他最多接受的,是被称为《今天》杂志的"今天派"诗人。

在那个时代,北岛这种卓然独立的姿势,差不多就是来自刚才所引用的这两句诗中的虚无、拒绝和无可安慰感。他还有另一首名作《一切》。

一切
北岛

一切都是命运
一切都是烟云
一切都是没有结局的开始
一切都是稍纵即逝的追寻
一切欢乐都没有微笑

一切苦难都没有泪痕
一切语言都是重复
一切交往都是初逢
一切爱情都在心里
一切往事都在梦中
一切希望都带着注释
一切信仰都带着呻吟
一切爆发都有片刻的宁静
一切死亡都有冗长的回声

这首诗发表以后，有点像是一颗炸弹，大家又是惶惑又是震惊地传诵着。以至于北岛的好朋友，另一位朦胧诗人舒婷，写了一首《这也是一切》，很正能量地把充满负能量的北岛反驳了一通，说不是一切都像你所说的。

令人尴尬的是，你会觉得舒婷好像有点强词夺理，她在"不是一切"中反复罗列出来的东西，我们在日常中其实会觉得，一切就是这样的。可以说她的反驳失败了，后来连舒婷自己都承认她的失败。

北岛这首斩钉截铁几乎没有回旋余地的、一切都归于虚无的诗，却从另一个角度在说，诗人是不甘心的。如果他是甘心的，就没有必要写这么一首诗。在一些隐微的细节里，他会暗示出一切还是有一点点可能的。

比如，当他说"一切语言都是重复"的时候，他会说交往其实会不会是初逢，那意思是初次见面还是意味着有可能性的。"一切希望都带着注释"，虽然我们都很果断地说，希望理想不需要附加条件，但是加了注释的希望是不是更务实一点，更有可能达成一点？

最后他说，"一切爆发都有片刻的宁静"，爆发当然是震耳欲聋的，但它在爆发之前，在电影里或者在日常感受之中，都会有这种片刻宁静。也许是一种科学现象，也许是一种心理现象，跟这个相对应的，则是死亡有回声。死亡本来应该是一片死寂，对于死去的人来说，回声又从何而来？回声在活着的人身上。这个回声以什么样的形式去抵抗死亡，从死亡中获得力量和启迪的？我们要这样去想。

北岛的诗表面上是一片虚无、一切都被否定，内里却隐忍着透露出来一些思考的可能性。那个时代给人带来的虚无感里，其实有更坚实、更有说服力的思考。因为我们都知道，我们不能单纯地把历史归于虚无，也不能单纯地把未来归于希望。既然要不单纯，那我们怎样辩证地去看待这虚无和希望？

这样思考之际，我们慢慢从北岛诗歌的政治性，一种非黑即白的选择里，来到欧洲被理性主义修正的思维里。同样斩钉截铁的话，来自我青年时代非常喜欢的大诗人奥登所写的诗，一首关于爱情的诗，叫《一九三九年九月一日》，里边有一句被传诵一时：

我们必须相爱,否则死亡。

这句话好像特别有英雄气概,甚至有点无赖地威胁对方的意味。我们如果不爱对方,跟死亡又有什么区别?如果我们爱对方,我们就能逃过死亡的虚无。但是后来奥登可能觉得这句诗太以爱的名义安慰我们这些必有一死的生存者。当他晚年意识到这句诗可能会造成这种媚俗——说媚俗有点过了,但会造成一种幻象的时候,他把这句诗改了,改成:

我们必须相爱,然后死亡。

这么一来,首先是承认了死亡的必然性。我们就算是相爱的,我们也会死亡。但是他保留了"必须",就算我们死亡,我们也必须相爱。这相爱给予死亡以意义,而死亡又令这相爱的必须性更加迫切。好像是说,是必有一死,但是经过了爱的人,才能死得其所,死得心安理得。反过来,认识到死亡的人,才能够更深刻地认识到爱的意义。

奥登是一个拥有强大的自觉性的诗人,从他对一首诗相隔几十年还去修订的做法就能看到。从他少年时候那些很敏感的抒情诗也能看出他强大的自制力。他打动我的诗篇,大多数都是雄辩的,但同时他又在雄辩里翻腾出很说交往其实会不会是初逢，那意思是初次见面还是意味着有可能性的。"一切希望都带着注释"，虽然我们都很果断地说，希望理想不需要附加条件，但是加了注释的希望是不是更务实一点，更有可能达成一点？

最后他说，"一切爆发都有片刻的宁静"，爆发当然是震耳欲聋的，但它在爆发之前，在电影里或者在日常感受之中，都会有这种片刻宁静。也许是一种科学现象，也许是一种心理现象，跟这个相对应的，则是死亡有回声。死亡本来应该是一片死寂，对于死去的人来说，回声又从何而来？回声在活着的人身上。这个回声以什么样的形式去抵抗死亡，从死亡中获得力量和启迪的？我们要这样去想。

北岛的诗表面上是一片虚无、一切都被否定，内里却隐忍着透露出来一些思考的可能性。那个时代给人带来的虚无感里，其实有更坚实、更有说服力的思考。因为我们都知道，我们不能单纯地把历史归于虚无，也不能单纯地把未来归于希望。既然要不单纯，那我们怎样辩证地去看待这虚无和希望？

这样思考之际，我们慢慢从北岛诗歌的政治性，一种非黑即白的选择里，来到欧洲被理性主义修正的思维里。同样斩钉截铁的话，来自我青年时代非常喜欢的大诗人奥登所写的诗，一首关于爱情的诗，叫《一九三九年九月一日》，里边有一句被传诵一时：

我们必须相爱，否则死亡。

这句话好像特别有英雄气概，甚至有点无赖地威胁对方的意味。我们如果不爱对方，跟死亡又有什么区别？如果我们爱对方，我们就能逃过死亡的虚无。但是后来奥登可能觉得这句诗太以爱的名义安慰我们这些必有一死的生存者。当他晚年意识到这句诗可能会造成这种媚俗——说媚俗有点过了，但会造成一种幻象的时候，他把这句诗改了，改成：

我们必须相爱，然后死亡。

这么一来，首先是承认了死亡的必然性。我们就算是相爱的，我们也会死亡。但是他保留了"必须"，就算我们死亡，我们也必须相爱。这相爱给予死亡以意义，而死亡又令这相爱的必须性更加迫切。好像是说，是必有一死，但是经过了爱的人，才能死得其所，死得心安理得。反过来，认识到死亡的人，才能够更深刻地认识到爱的意义。

奥登是一个拥有强大的自觉性的诗人，从他对一首诗相隔几十年还去修订的做法就能看到。从他少年时候那些很敏感的抒情诗也能看出他强大的自制力。他打动我的诗篇，大多数都是雄辩的，但同时他又在雄辩里翻腾出很多波澜。在他晚年的诗篇里，他继续理性地思考，同时又加入一种因为爱而来的舒缓和自由。他晚年的诗，我最喜欢的是《爱得更多的那人》，从这首诗，我们去想象，诗歌的安慰到底是一种怎样的力量。

爱得更多的那人
W. H. 奥登
马鸣谦、蔡海燕 译

仰望着群星，我很清楚，
即便我下了地狱，它们也不会在乎，
但在这尘世，人或兽类的无情
我们最不必去担心。

当星辰以一种我们无以回报的
激情燃烧着，我们怎能心安理得？
如果爱不可能有对等，
愿我是爱得更多的那人。

自认的仰慕者如我这般，
星星们都不会瞧上一眼，
此刻看着它们，我不能，
说我整天思念着一个人。

倘若星辰都已殒灭或消失无踪，
我会学着观看一个空无的天穹
并感受它全然暗黑的庄严，
尽管这会花去我些许的时间。

这首诗首先是以一种巨大的情感力打动我们。倘若爱不可能有对等，愿我是爱得更多的那人，这好像我们日常会说的，我爱你，这和你无关。如果你不爱我，没关系，我还是会继续爱着你；如果你爱我并不如我爱你多，那我甚至会更变本加厉地去爱你。这有点像爱情小说里的俗套了，好像是一个单恋者的告白。

但是这种情感的聚焦爆发，在这首诗里是经过了反复思考的，它在一种强大的自觉性里触碰到了奥登对恋爱的种种思考。奥登是一个同性恋诗人，同性恋在他那个年代还不能公开，受到世人鄙夷，甚至在某些地方还会入罪。所以奥登说的爱得更多，其实是在一种几乎绝望的基础上去说的。里面包含了对某个个体的表白，同时也是基于他个人身份的一种表白。在同性恋被压抑的时代，你要证明你的爱，你就必须付出更多。奥登说过，他所有诗都是为爱所写，这首诗可以算是他最光明正大、明目张胆的一种宣示吧。

有意思的是，他首先说的不是人和人之间的关系，而是星辰和人的关系。表面上看，星辰和人是无可能对等的，星辰如此高高在上，如此永恒，而人如此短暂。但诗中有一句却透露出诗人要把人和星辰对等的努力："星辰以一种我们无以回报的／激情燃烧着"。到底星辰是我们要去爱的对象，还是它根本就是在爱着我们？我们无以回报，但我们可以爱得更多。在人与人之间的爱的关系里，当我们爱得更多，我们也是像星辰一样，在付出一种无以回报的激情去燃烧自己。

如果说到这里，我们还能得到安慰，那接下来奥登就不再给予我们安慰了。他接着说，即使是这样，激情燃烧着的星辰也会陨灭，也会消失无踪，那我还能怎么样？作为一个诗人，作为一个爱者，他必须接受这一切激情消亡以后空无的天空，感受空无本身的庄严。

但最后一句奥登说，只不过会花去些许的时间。他突然明悟到，他的时间是无穷无尽的，他的时间和星星一样都属于永恒。他并不是一个短暂的爱者和被爱者。当他付出爱，或者当他在爱之中，他就变成一个有无穷无尽的时间去应付那些虚无的人。

如果这样还不够明白，我再分享几句奥登早期的诗。那是他很年轻的时候所写的《更高的今天》。其中有几句，可以说为后来他对爱和死的思考埋下了伏笔。他在这首诗的最后写道：

可是现在就幸福吧,尽管彼此没有靠得更近,
我们看见沿着山谷的农庄都亮起了灯;
磨坊那边的锤击声停了,
男人们回家了。

黎明的噪音将为某人带来自由,
但不是这种安宁,任何鸟都不能否认:
只经过这里,现在,足够让某物满足这个时刻,
被爱或容忍。

"被爱或容忍",这马上让人想起"必须相爱,否则死亡",还有他晚年说的"必须相爱,然后死亡"。这里有三个奥登,三个都很重要。

第一个奥登,是像杜甫那样的,一个承载万物的器皿,他因为容忍而容纳所有路过他生命的东西,并且让它们得到满足;第二个,"必须相爱,否则死亡",这是一种莎士比亚似的雄辩,有一种"虽千万人吾往矣"的悲剧精神;最后一个,如果要找一个对比,我想起我最喜欢的中国古诗人,姜夔。那里面是风流蕴藉的,是从容的。他对爱和死亡给予同样的理解,两者是平等的。

这样的诗,我们能够说从中得到了安慰,但安慰这两个字并不足以涵盖它带给我们的对生命本身的深思。深思以后,安慰变得并不那么重要了。因为你需要被安慰的

事物，比如对死亡的恐惧，对爱的愤愤不平，都变得富有深意，这个时候你根本不需要寻求安慰。

最后，我可以回答开篇的问题了，诗歌到底承担心灵安慰的功能吗？我想，这真的不是诗歌首要的任务。

7 新诗如何谈论爱情?

> 爱情是非常广大的,它所触发的东西,它所带来的诗,也许都在爱情结束的时候才开始。

梁简文帝萧纲说过一句话,"立身先须谨慎,文章且须放荡"。诗的边界在哪里?爱情在诗中,是情欲的那部分还是纯洁的那部分?聪明的回答可能会是,爱情是什么样,在诗中就可以是什么样。

这是一个美妙又微妙的话题,在这样一个情欲好像很自由的时代,诗要如何谈论爱情?是标榜纯爱,跟情欲决裂,成为一种变相的道德主义的纯诗写作,还是肯定情欲,去实验一种新的爱情的构想?

在西方当代诗人里,有些非常好的例子,比如广受欢迎的查尔斯·布考斯基,他写过一首动人的情诗,被我列为二十世纪下半叶最打动我的情诗之一:

像麻雀一样

查尔斯·布考斯基

徐淳刚 译

放生你必须放生

当我们的悲伤跌落,茫茫然

于血色翻滚的大海

我走过破败不堪的沙滩边缘

那儿,白腿、白腹的生物正在腐烂

冗长的死亡,让四周的景色变得骚乱。

亲爱的孩子,我只能像麻雀一样对你;

当流行年轻的时候

我老了;当流行笑的时候我哭了。

当本该有勇气爱的时候

我恨你。

爱是这首诗里的潜台词,布考斯基用了所有的否定,内里真正是因为一种对爱的不舍,对爱的肯定。他每列举一种否定,都在为自己的爱情而骄傲。当然这种错失、格格不入和失败,其实是爱或者诗的本质。

这种爱,如果熟知塞林格的短篇小说,就不会陌生。在他的《九故事》里,充满这种错失的、具有落差的、永远不会完满的爱。在本来无需太多勇气就能爱你的时候，我却恨你了，多么意味深长的一种错失。就在读者都在意淫着诗人的爱的时候，诗人重塑了诗人应该有的决绝形象。这种决绝是即便所有的流行都和我格格不入，但我还是在爱着你。

布考斯基被誉为美国底层人民的桂冠诗人，我觉得他就是美国底层的一个酒鬼诗人，他把酒鬼有魅力的一面发挥到了极致。一个纯粹的酒鬼，跟酒疯子、酒无赖是不一样的，他喝酒就是为了喝酒本身，不是想借酒撒疯。他写诗也是用诗去挑衅主流价值观，而并没有用诗去骗取异性肉体。反而他的诗经常反讽那些把诗和爱混为一谈、推崇纯爱的诗歌。

推崇纯爱的诗歌，其实是源于一种保守的观念，渴望诗是超越世俗的。诗当然可以超越世俗，而且最终必然把世俗的定义推向一个更广大的可能。但诗不一定是反对世俗的，因为无论怎样脱俗的诗人，他也还是生活在世俗当中。布考斯基的独特就在于他反感这种所谓的超越。

关于爱情，我还想谈谈我自己一首流传得比较广的诗，叫《一九二七年春，帕斯捷尔纳克致茨维塔耶娃》。一开始它常常被人误会是苏联的诺贝尔文学奖得主、写《日瓦戈医生》的帕斯捷尔纳克所写的诗。其实这首诗是我以他的口吻写给茨维塔耶娃的。

1999年，我写了一组长诗《末世吟》来告别一个时代。末世意识是永恒地缠绕在诗人身上的,所以我在那组诗里安排了很多诗人的角色,第一个出现的就是帕斯捷尔纳克。

一九二七年春,帕斯捷尔纳克致茨维塔耶娃
廖伟棠

我们多么草率地成为了孤儿。玛琳娜,
这是我最后一次呼唤你的名字。
　　　　　　　　大雪落在
我锈迹斑斑的气管和肺叶上,
说吧:今夜,我的嗓音是一列被截停的火车,
你的名字是俄罗斯漫长的国境线。

我想像我们的相遇,在一场隆重的死亡背面
(玫瑰的矛盾贯穿了他硕大的心);
在一九二七年春夜,我们在国境线上相遇
因此错过了
　　　　　这个呼啸着奔向终点的世界。
而今夜,你是舞曲,世界是错误。

当新年的钟声敲响的时候,百合花盛放
——他以他的死宣告了世纪的终结,

而不是我们尴尬的生存。

       为什么我要对你们沉默？
当华尔兹舞曲奏起的时候，我在谢幕。
因为今夜，你是旋转，我是迷失。

当你转换舞伴的时候，我将在世界的留言册上
抹去我的名字。

   玛琳娜，国境线上的舞会
停止，大雪落向我们各自孤单的命运。
我歌唱了这寒冷的春天，我歌唱了我们的废墟
……然后我又将沉默不语。

  有一本书叫《三诗人书简》，这首诗的写作背景就和书中三人有关。大诗人里尔克、帕斯捷尔纳克和茨维塔耶娃这三人之间，说是爱情也可以，其实是一种更高尚的灵魂之间的关系。

  如果还原到爱情的关系上，很明显，帕斯捷尔纳克喜欢茨维塔耶娃，茨维塔耶娃喜欢里尔克，而帕斯捷尔纳克又崇拜里尔克。但里尔克当时已经走到生命的尾声，所以什么都没有发生。当帕斯捷尔纳克知道里尔克死讯的时候，他非常悲痛，他在和茨维塔耶娃的通信里说，"我们成了孤儿"——用我们现在的话说是，一个时代结束了。

  我想，他们三人应该都有很多遗憾，尤其是帕斯捷

尔纳克有很多话没有机会再说出来，因为茨维塔耶娃后来也自杀身亡了。所以我以帕斯捷尔纳克的口吻写了这样一首诗给茨维塔耶娃。也许是一种弥补，也许只是我一厢情愿，用我自己的声音对这段关系，对那一个时代，对诗人在时代里所处的位置，做出我的反思。

这首诗当中，如果说有一个爱情的态度，那就是，爱情应该让我们变得更广阔。爱情不是让我们狭隘，不是因为得不到或者因为爱情的终结，而令这个人的生命也走到尽头。爱情是非常广大的，它所触发的东西，它所带来的诗也好，对生命的启悟也好，也许都在爱情结束的时候才开始。

也许帕斯捷尔纳克不一定要拥有茨维塔耶娃。事实上，他也从来没有拥有过茨维塔耶娃，里尔克也是。帕斯捷尔纳克或者里尔克，他只需要去念茨维塔耶娃的名字就够了。

"今夜，我的嗓音是一列被截停的火车，你的名字是俄罗斯漫长的国境线。"爱情的过程，就像一列在俄罗斯漫长的国境里行走的火车。走，才是爱情，而不是在终点停下。这列火车它能开到哪里？莫斯科，圣彼得堡，西伯利亚？都不重要，我念着你的名字，在这个过程中，我取代了这列火车，因为我反复地念，你以及爱情本身都更加幅员辽阔。

古人注《诗经》，总把爱情想象为君臣之间可怕的臣服。但现在我们都知道,只要忠实于内心,这些诗就是情与欲之诗,就是男女欢爱,就是普通人之间的歌唱,而不是士大夫的意淫。这就是我希望通过谈论爱情能够给诗带来的想象与期许。

8 新诗如何书写现实?

> 诗人不是抛弃、超越现实,而是让现实以一种无可回避的方式发生在自我身上,再反射成诗。

人们愿意用来框定诗的维度之一,是现实。诗常常书写着现实,但却被读诗的人从一种意气的角度去理解为非现实。

很多人认为诗不能写现实,只要写现实就会变得丑陋,或者变得沉重而不能飞跃。他们认为诗歌应该超越这个烦琐的令人反感的现实,只有这样,诗歌才能称其为艺术。当然,如果要对诗简单下一种定义,就会涉及现实与幻想的问题。最初我们定义诗,会认为诗是不切实际的幻想,这里面有对有不对。

它的对,在于诗歌的确是对那种功利的、表面的现实的否定。比如我们通过主流意识形态所接触的现实,难道是真的现实吗?诗歌否定的现实,应该是指这一种粗糙的现实。

以商禽先生的作品为例。在台湾诗人里,商禽是非常特别的一个,独来独往。周梦蝶开旧书摊为生,而他卖牛肉面,比周梦蝶更食人间烟火,这是诗坛的逸事。

商禽的诗风很冷峻,用现在的话说,非常酷,非常抽离,跟我们想象中台湾文学的某种温情和深情,是不太一样的。他的深情是另一种深情,他是以疏离的方式来令你疼痛地深情。

我最喜欢的商禽的诗,叫《灭火机》。

灭火机
商禽

愤怒升起来的日午,我凝视着墙上的灭火机。一个小孩走来对我说:"看哪!你的眼睛里有两个灭火机。"为了这无邪告白;捧著他的双颊,我不禁哭了。

我看见有两个我分别在他眼中流泪;他没有再告诉我,在我那些泪珠的鉴照中,有多少个他自己。

这首诗只有两段,虽然是首散文诗,但总共加起来只有一百来字。它神奇地向我们示范了一首很短的诗能够包含多少的空间、多少的命运。

灭火机就是我们现在说的灭火器。一个诗人看见墙上的灭火机，会怎么想？首先他铺垫了一下，他说是在"愤怒升起来的日午"，当一个人感到愤怒，他当然是想到火焰，一股火焰如何释放。

但是我们这个诗人，他已经是一个中年人了，他历经了世事的创伤，变得颇有城府，所以他愤怒的时候，下意识地去想怎样克制，怎样扑灭自己的愤怒。他盯着灭火机，其实是在寻求一个令自己愤怒消失的可能。

但这个时候超现实场景出现了，有个小孩突然来跟他说："你的眼睛里有两个灭火机"。一个寻找灭火机的人，其实是因为他有愤怒才寻找。他以为他能够扑灭自己的愤怒，但他的眼睛出卖了他，因为他的眼睛里倒映着两个灭火机。

下一个动作，他捧着这个小孩的双颊，他又从小孩的眼睛里看到自己，他看到两个"我"在流泪，但同时也是看到两个灭火机变成四个灭火机，越多的灭火机暗示着他的愤怒越大。

这时候诗人感到惭愧，他哭了。因为他在这个小孩身上看到了少年的自己。少年的他，愤怒是不加掩饰的，他不需要去寻找一个灭火机。

如果这是一个电影镜头，你会看到这是从一个正反打镜头里带出的无限。不是有一种说法，只要把两面镜子对立起来，就能创造出一个无限的世界吗？那么在这两个人眼睛的对视里，到底是有无限的灭火机，还是无限的愤怒呢？

最后一句话是这么说的："他没有再告诉我，在我那些泪珠的鉴照中，有多少个他自己"。这时候不只是两面镜子、四只眼睛在互相倒映，还加入了很多啪嗒啪嗒掉下来的泪珠。

在这个超现实场景里，无数面镜子组成一个迷宫。这个迷宫里迷失的是诗人无数个放弃了的自我，无数个被灭火机扑熄了的少年。

更悲哀的是，当我们读这首诗，我们能读出弦外之意。诗人之悲哀，不只是为自己悲哀。假如这个小孩并不是诗人的童年、少年，而是我们、我们的下一代呢？

诗人发现，这个小孩未来也将认识愤怒和灭火机，这才是人世最大的悲哀。这种无限循环中，剩下的依然是灭火机。

这样一首超现实的诗，它的场景是完全可以想象的。他所指的愤怒，是赤裸裸的现实的愤怒。这首诗写于解除戒严前后的台湾，大家不知道未来这个岛屿会走向何方。很多传统的陈规陋习，也都必然会被诗人碰见。它们反复教育我们要压抑愤怒，要克制地面对这些事，去容忍，去谅解那些丑陋。诗人之悲哀，是发现这个过去的自己、现在的自己和未来的孩子们，都陷入一种最现实的监狱。这个监狱由无数的灭火机、无数的镜子所组成，人在里面就像鬼打墙一样，难以走出去。这样的超现实，比现实更加失落，更加残酷。

一般的文学史都会把商禽的诗定义为超现实主义诗歌，因为他的诗里充满一些把现实处理得非常夸张或者非常荒诞的想象。但是商禽先生并不认为自己超现实，他说过一句名言，"我不是超现实，我是超级的现实"。

"超级的现实"是最现实的现实主义。他不是抛弃了、超越了现实，而是让现实以一种无可回避的方式发生在诗人身上，然后再反射成诗，投射到我们读者身上。

一个诗人、一个作家应该看到更深层面的现实，等他看到更深层面，我们一般的读者可能会以为他是在幻想。实际上他并不是在幻想，他只是深不可测而已。但如果我们用心去读，跟他建立一种同理心的关系，你就会发现，这深也是深得可测的。

9 新诗可以反抗什么?

> 诗不能抵挡一辆坦克。
> 但诗在我们心里所建立起来的,
> 远比一辆坦克所摧毁的,
> 要多得多。

弯的自由度将越来越广阔

爱尔兰的诺贝尔文学奖得主希尼曾说,"诗并不能抵挡一辆坦克"。没错,诗当然不能抵挡一辆坦克,但诗可不可以反抗?

先说一个来自坦克横行的地方的诗人,波兰诗人辛波斯卡,她有一首诗叫《种种可能》:

种种可能

维斯拉瓦·辛波斯卡

陈黎、张芬龄 译

我偏爱电影。
我偏爱猫。

我偏爱华尔塔河沿岸的橡树。

我偏爱狄更斯胜过陀思妥耶夫斯基。

我偏爱我对人群的喜欢

胜过我对人类的爱。

我偏爱在手边摆放针线,以备不时之需。

我偏爱绿色。

我偏爱不抱持把一切

都归咎于理性的想法。

我偏爱例外。

我偏爱及早离去。

我偏爱和医生聊些别的话题。

我偏爱线条细致的老式插画。

我偏爱写诗的荒谬

胜过不写诗的荒谬。

我偏爱,就爱情而言,可以天天庆祝的

不特定纪念日。

我偏爱不向我做任何

承诺的道德家。

我偏爱狡猾的仁慈胜过过度可信的那种。

我偏爱穿便服的地球。

我偏爱被征服的国家胜过征服者。

我偏爱有些保留。

我偏爱混乱的地狱胜过秩序井然的地狱。

我偏爱格林童话胜过报纸头版。

我偏爱不开花的叶子胜过不长叶子的花。

我偏爱尾巴没被截短的狗。

我偏爱淡色的眼睛,因为我是黑眼珠。

我偏爱书桌的抽屉。

我偏爱许多此处未提及的事物

胜过许多我也没有说到的事物。

我偏爱自由无拘的零

胜过排列在阿拉伯数字后面的零。

我偏爱昆虫的时间胜过星星的时间。

我偏爱敲击木头。

我偏爱不去问还要多久或什么时候。

我偏爱牢记此一可能——

存在的理由不假外求。

这首诗里有一句很有名的句子,"我偏爱写诗的荒谬/胜过不写诗的荒谬"。什么是"不写诗的荒谬"?就是指在当时波兰现实中比比皆是的不得已的荒谬。

这种荒谬是反对幽默的,就像另一位来自东欧的伟大作家米兰·昆德拉在《不能承受的生命之轻》《笑忘录》里所揭示的,幽默其实是瓦解暴力统治的一种武器。反过来说,反对幽默本身就是极权的一种特征。辛波斯卡和一般的现代派诗人最大的不同就是她的幽默。

我偏爱华尔塔河沿岸的橡树。

我偏爱狄更斯胜过陀思妥耶夫斯基。

我偏爱我对人群的喜欢

胜过我对人类的爱。

我偏爱在手边摆放针线,以备不时之需。

我偏爱绿色。

我偏爱不抱持把一切

都归咎于理性的想法。

我偏爱例外。

我偏爱及早离去。

我偏爱和医生聊些别的话题。

我偏爱线条细致的老式插画。

我偏爱写诗的荒谬

胜过不写诗的荒谬。

我偏爱,就爱情而言,可以天天庆祝的

不特定纪念日。

我偏爱不向我做任何

承诺的道德家。

我偏爱狡猾的仁慈胜过过度可信的那种。

我偏爱穿便服的地球。

我偏爱被征服的国家胜过征服者。

我偏爱有些保留。

我偏爱混乱的地狱胜过秩序井然的地狱。

我偏爱格林童话胜过报纸头版。

我偏爱不开花的叶子胜过不长叶子的花。

我偏爱尾巴没被截短的狗。

我偏爱淡色的眼睛,因为我是黑眼珠。

我偏爱书桌的抽屉。

我偏爱许多此处未提及的事物

胜过许多我也没有说到的事物。

我偏爱自由无拘的零

胜过排列在阿拉伯数字后面的零。

我偏爱昆虫的时间胜过星星的时间。

我偏爱敲击木头。

我偏爱不去问还要多久或什么时候。

我偏爱牢记此一可能——

存在的理由不假外求。

这首诗里有一句很有名的句子,"我偏爱写诗的荒谬/胜过不写诗的荒谬"。什么是"不写诗的荒谬"?就是指在当时波兰现实中比比皆是的不得已的荒谬。

这种荒谬是反对幽默的,就像另一位来自东欧的伟大作家米兰·昆德拉在《不能承受的生命之轻》《笑忘录》里所揭示的,幽默其实是瓦解暴力统治的一种武器。反过来说,反对幽默本身就是极权的一种特征。辛波斯卡和一般的现代派诗人最大的不同就是她的幽默。

这首诗的结尾说，"我偏爱自由无拘的零 / 胜过排列在阿拉伯数字后面的零 /……我偏爱牢记此一可能——/ 存在的理由不假外求"，自由无拘的零，意思是我一无所有，所以我自由。当然也可以理解为权力，权力是把人量化管理的，所以这个阿拉伯数字后面的零也可能是人口的数量，也可能是某种比例。当你不把这象征的权力放在眼里，不愿意成为这无数个零当中的一分子，而成为一个游离出来的零，这种权力自然也就瓦解了。

所以辛波斯卡说"存在的理由不假外求"。你也许改变不了这个世界，但你首先可以改变自己，当每一个人都改变自己，这个世界也就跟着改变了。她巧妙地用零来作为一种比喻，这纯粹是语言最基本的一种革命。

辛波斯卡的诗集，过去几年在中国广受欢迎，跟她诗的幽默晓畅有关系，当然也跟她的写作背景、她的某些指向有关系。1996年辛波斯卡获得诺贝尔文学奖之前，她大半生都是在极权统治中度过的。

她在访谈和回忆里说过，她的诗最早要经过自我审查，写的还得是颂歌，才能够出版。她就用一种逆反的写作方式，进行反讽、暗讽，针对日常生活中所遭遇的细节片段，去书写她那种带有预言性的哲理诗歌。

这非常有东欧人民苦中作乐的精神，由反感而来的反抗，慢慢树立一种幽默的形象，树立起弱小的人民所能呈现的最明亮的样子，这一点成为辛波斯卡诗歌的魅力。

有一种说法是,诗歌是反民主的。这当然不是说诗人的政治立场是反民主的,而是说诗歌往往采取一种果断的语气去说一些不容置疑的意象,或者说诗歌里的诗人形象往往是孤高的、决绝的。

但是辛波斯卡却证明了诗歌的民主也是有诗意的,而且非常浓郁,靠的就是她的幽默感,还有随着幽默感而来的奇思妙想。她用她的诗证明了日常生活隐含着某种政治的正能量。这个政治是回归本意的政治——人们如何自己管理自己,这种正能量完全可以抵抗作为一种运动的政治,以及那些由上而下的政治运动所产生的负能量。

最后分享一首短诗,来自一位被流放西伯利亚的诗人,曼德尔施塔姆。

曼德尔施塔姆的被流放,与他写诗有关。在知道自己不可避免将要获罪的时候,曼德尔施塔姆就写下了这首《是的,我躺在大地里》。

是的,我躺在大地里
奥西普·曼德尔施塔姆
黄灿然 译

是的,我躺在大地里,我的嘴巴在翕动,
我说的话,每个学童将默默记诵:
大地在红场比任何地方都要圆,

它斜坡的自由度越变越硬。
大地在红场比任何地方都要圆，
它斜坡的自由度意外地开阔，
一直朝着田野伸展，
只要大地上最后一个奴隶还活着。

这首诗非常有力，不屈，它说，就算我死了，我还能够改变这个国家的土地，我的诗还会继续流传，未来的学童都会背诵我的诗，就像我的灵魂还在继续读诗一样。当每个学童、每个孩子、大地上的每个人民，都会背诵这样一位渴望自由的诗人的诗时，大地也会跟着改变。

诗人说，"大地在红场比任何地方都要圆"，当你站在一个广场，你能看到地平线向两边的弧度弯下去。这种弯的力量，在诗人的眼中是一种自由度，这种自由度是会坚硬起来的，会越来越开阔。因为最后一句点出了——只要有奴隶的存在，就会有对自由的渴望之存在。

这首诗就是用这种对自由的渴望，把象征着权力高度集中的红场还原成大地本身，而且不是一般的大地，是向着自然田野伸展的大地，是属于最普通人民的大地。

这就是曼德尔施塔姆这首短短的诗所给予我们的信念和启迪。

读完这两首诗，我可以回答一开头提出的问题：诗到底能不能抵挡一辆坦克？是的，它不能，但是诗在我们心里，在我们民族的语言和精神上建立起来的，远比一辆坦克所摧毁的，要多得多。

量词革命：一家猪，一头训导主任

讨论了诗可不可以反抗、反抗什么之后，接下来要继续的话题是，诗是如何去反抗的。我认为，诗的反抗性主要体现在诗歌语言上。

诗歌语言对日常语言发动革命，更新我们习惯了的语言，对失落了的语言进行招魂，把它们叫回来，还原到美丽的样子——这是诗人的义务。就像屈原使用的楚国方言，杜甫使用的唐朝的汉语，就有很多取自市井俗语，但是诗人会推陈出新，使语言得以保持甚至增加活力。

至于语言的实验，有激烈的、充满先锋性的，也有可爱的、充满童趣的，令你感到"我也可以这么做"的，比如西西的这首诗：

可不可以说
西西

可不可以说
一枚白菜

一块鸡蛋

一只葱

一个胡椒粉？

可不可以说

一架飞鸟

一管椰子树

一顶太阳

一巴斗骤雨？

可不可以说

一株柠檬茶

一双大力水手

一顿雪糕梳打

一亩阿华田？

可不可以说

一朵雨伞

一束雪花

一瓶银河

一葫芦宇宙？

可不可以说

一位蚂蚁

一名甲由

一家猪猡

一窝英雄?

可不可以说

一头训导主任

一只七省巡按

一匹将军

一尾皇帝?

可不可以说

龙眼吉祥

龙须糖万岁万岁万万岁

这样一首诗,几乎只有汉语诗人能写出来。因为只有汉语有这么多变化多端的量词,更有意思的是,经过几千年的使用,汉语的量词好多都带有褒贬的色彩。比如一头猪,"一头"本来没有什么褒贬可言,但说一头猪的时候,就像在骂人。当西西意识到量词的褒贬色彩时,她首先想到的是反抗,反抗量词的褒贬,当然也是替那些被量词所束缚的词抱不平。

从第一节开始,她慢慢推进量词革命。把白菜、鸡蛋的量词改变，还不算什么，但到"一个胡椒粉"，我已经看出诗人民主的精神。我们讲胡椒粉，都是讲一瓶、一碟、一把，没有人会精确到每一粒胡椒粉。这是粉末，就像在统治阶级眼中的人民一样，是集体，但它变成"一个"的时候，个体的独特性和能动性展示出来了。

第二节，诗人说，可不可以说"一架飞鸟""一顶太阳"？其实背后隐藏的是，不可以。因为把飞鸟、太阳这种自然自由的事物，用人造物的量词去束缚住，那是一种功利化。一顶，是一顶太阳帽；一架，是一架飞机。怎么能让自由自然的东西落到束缚性的量词下呢？

接着，西西说"一顿雪糕梳打"。对小孩子来说，苏打水是他们欢迎的饮料，雪糕苏打更棒了，但是一顿打，那是小孩子最厌恶的。西西把这两者混在一起，是在调皮。整首诗是充满童心的。

至于"一朵雨伞""一瓶银河"，这就是诗人想象力的厉害之处了。银河既然是河，能不能用一个瓶子装起来？宇宙既然是弥漫在周围的，能不能像《西游记》里金角大王、银角大王那样，拿个葫芦出来，叫唤一声就把宇宙收进去呢？这是诗人的一种幻想，也是她的童心的表现。

但是到最后三节，开始颠覆了。前面做完了这类量词训练，这里诗人就大胆地推进一步说，你们不要害怕，也可以这样玩的。不受尊重的蚂蚁，我们用"一位"这样表示尊重的量词去对待它,为何不能呢?蟑螂也可以是一名一名的,不一定一名议员才是一名。而猪本来就是一家子在一起,我们在农村里看到的都是以家庭为单位的猪,那为什么不能把它们视为一家人,就像看待小猪佩奇一样?

最后诗人说"一窝英雄",这就是一个很大胆的质疑了,质疑一种惯性思维,从中带出的是对国家专权的反思。英雄往往来自英雄主义和集体主义的膜拜,有的英雄,根本就是塑造出来和权力狼狈为奸的,说是一窝又有何不能呢?

倒数第二节,诗人直接用小孩子的想象力,就像我们小时候会在课本上涂鸦,把那些讨厌的人画成动物一样,她也直接用动物的量词来形容:一头猪一样的训导主任,一只野兽一样的巡按,一匹马一样的将军,一尾鱼一样的皇帝。

到结尾,喊"万岁万万岁"的时候,西西喊的是食物。因为对孩子来说,零食是至上的。用"万岁万万岁"来对权力谄媚是没有意义的,对于一个孩子,只有她真正需要的东西,她才觉得是"万岁万岁万万岁"。

量词具有的褒贬力量是人为的权力所赋予的。西西采用这种权力赋予的褒贬,反过来颠覆权力,这就是这首诗所展示的既超现实又可爱的温柔力量。

这就是诗独特的说话方式。诗必须要说话,它说话的方式必然和日常的说话方式有所不同。这个不同可以是像辛波斯卡、西西那样，来自一种对日常语言的慢慢反叛、慢慢变形，也会有另外一种方式，它更加深刻、更加复杂，甚至解构我们对日常语言的习惯。

总之，诗一定要说话。如果把话越说越少越简陋，最后就会走向一种失语、一种沉默，失语和沉默正是某些力量所乐见的。

诗当然不是一种口号，更不是革命口号，它不是带有煽动性或者带有宣传、挑逗力量的东西。诗歌要做的是阐释，这种阐释，通过诗歌的语言变得深刻有力，潜移默化地进入我们的思维里面，是一种思想精神上的革命。

海德格尔有一句话我非常喜欢，他说，革命者的本质不在于实施突变本身，而在于把突变所包含的决定性和特殊性因素显示出来。我想，这里的革命者很明显是一个诗歌的、文学的、艺术的革命者。

10 口语是前卫的标准吗?

> 诗人使用语言不是工具性地去使用,他是有所创造,并且是充满了想象力地去使用。

做爱之后,动物感伤

1920年,胡适出版《尝试集》,新诗开始作为一种区别于旧诗的诗歌形式被注意。其中,最为大家关注的特征之一,就是新诗所使用的口语。

我们先来看看胡适先生的这首《湖上》,它也许是中国新诗最早的口语诗之一。

湖上
胡适

水上一个萤火,
水里一个萤火,
平排着,

轻轻地，
打我们的船边飞过，
他们俩儿越飞越近，
渐渐地并作了一个。

胡适出生于十九世纪末，二十世纪六十年代去世。他是中国现代文学新诗，甚至可以说是现代华人文明的先行者之一。他对现代文学最大的影响，也是对诗歌的最大影响，就是他出版了号称是第一本新诗的诗集《尝试集》。《尝试集》是在1920年出版的，我们一般会把1920年定为新诗的诞生之年。

但《尝试集》本身正如其名是一种尝试，里面很多诗还是脱不了旧诗的调子和习惯用法。如果非要比较，我觉得鲁迅先生的《野草集》比《尝试集》更加前卫，不过我们且看看胡适先生是怎样努力奠定口语作为新诗的基本标准的。

这首《湖上》，平易地描述一个场景，这个场景又好像别有诗意，它既是美的，又让人想象很多美以外的事物。因为它写的是两个人在湖上泛舟，1920年的两个人。他们看到旁边有萤火虫飞过来，事实上只有一只萤火虫，但萤火虫在湖面的倒影就像它的伴侣一样。所以当萤火虫降落到水面时，它们渐渐地并作一个。

这首诗写的是萤火虫，但船里面坐着的是"我们"，可以想象，胡适把自己和一起坐船的人的感情投射到这只萤火虫上去了。他渴望着两个人的心灵也能像这只萤火虫和它的倒影一样相融为一。

这种感情就是他所说的"言之有物"，它是一种新鲜的感情。无论是爱情也好，友情也好，一个人渴望能跟他的灵魂伴侣融为一体，这种感情在古诗里是罕有的。古诗即使意识到这种感情，也会避而不谈。

这首诗还有一点很有特色，它没有使用传统的对仗手法，而是用文字白描地模拟着萤火虫的倒影，第一行和第二行、第三行和第四行都构成倒影的感觉，但又不是对仗。

如此看来，新诗从刚刚诞生起，就用口语来建构起有别于旧诗的场景，用口语来表达只有口语能表达的现代的情感，而不只是在炫耀口语本身的独立。胡适就这么明明白白地写下来了，但这个明明白白非常不容易，他用的是我们平常说话的基调。这个基调跟旧诗很不一样，旧诗里我们经常会使用象征、隐喻，绕着圈子去说。所以胡适在《文学改良刍议》里特别强调，不要学古人。

不要学古人，那我们现代人应该怎样做呢？

我们再来看看韩东的《甲乙》。

甲乙

韩东

甲乙二人分别从床的两边下床
甲在系鞋带。背对着他的乙也在系鞋带
甲的前面是一扇窗户,因此他看见了街景
和一根横过来的树枝。树身被墙挡住了
因此他只好从刚要被挡住的地方往回看
树枝,越来越细,直到末梢
离另一边的墙,还有好大一截
空着,什么也没有,没有树枝、街景
也许仅仅是天空。甲再(第二次)往回看
头向左移了五厘米,或向前
也移了五厘米,或向左的同时也向前
不止五厘米,总之是为了看得更多
更多的树枝,更少的空白。左眼比右眼
看得更多。它们之间的距离是三厘米
但多看见的树枝都不止三厘米
他(甲)以这样的差距再看街景
闭上左眼,然后闭上右眼睁开左眼
然后再闭上左眼。到目前为止两只眼睛
都已闭上。甲什么也不看。甲系鞋带的时候
不用看,不用看自己的脚,先左后右

两只都已系好了。四岁时就已学会
五岁受到表扬,六岁已很熟练
这是甲七岁以后的某一天,三十岁的某一天或
六十岁的某一天,他仍能弯腰系自己的鞋带
只是把乙忽略得太久了。这是我们
(首先是作者)与甲一起犯下的错误
她(乙)从另一边下床,面对一只碗柜
隔着玻璃或纱窗看见了甲所没有看见的餐具
为叙述的完整起见还必须指出
当乙系好鞋带起立,流下了本属于甲的精液

韩东这首《甲乙》讲述了一个类似小说一样的场景,前面高度克制压抑,直到最后,才点出甲乙两人的关系和在这首诗之前可能有过的激情。

正所谓做爱之后,动物感伤。这首《甲乙》写的就是做爱之后的虚无感。这种虚无感,通过一种奇怪的语言来完成。说是口语也可以,但我觉得它更接近一种说明书般的语言,清晰明了,简单直接。

当韩东代入某个旁观者的角色,冷冰冰地描述着甲在干什么的同时,他又总是在暗示着一种藏得很深的绝望或虚无之感。他一直在描写一些具体的事物,他不直接荡开去写那些不在的事物。那不在的事物,就有点像一个人空落落的心,像树梢与另一边的墙,中间有一大截是空

的。他花了好几行字去描写这空。

当写他系鞋带的时候,又超脱现实所见,去写他的回忆和他六十岁时可能的样子。这些都是在写实主义的口语以外旁逸斜出的,对比的是这首诗所使用的那种僵化的口语。很多以口语为前卫的诗人,或者说韩东的崇拜者,往往只看到了这首诗的最后一句,那个让他们兴奋的描述,"流下了本属于甲的精液"。

实际上如果没有前面铺陈的所有工具化的口语的僵化,"精液"二字不会显得这么触目惊心。这个触目惊心来自人竟然可以关注于非两人关系的东西如此之多,而到最后甲乙之间仅仅剩下这么一点维系,不是性,不是性器官,而只是一个性的遗留物。

这就是韩东对诗歌口语的理解。

诗歌的口语标准从胡适提出,发展到今天,已经更迭好几轮。从最初强调口语的形式化,到韩东以口语的形式讽刺形式,几十年来,诗人们从未停止对诗歌语言的探索与尝试,而每一次奇妙的尝试,都更新着我们对文字的感受。

诗神的望远镜,要倒过来用

诗歌里的口语曾经与前卫画上等号,但口语化的诗就一定前卫吗？前卫的诗就不得不口语吗？发展到今天，曾经将我们从旧体诗韵律韵脚中解放出来的口语，似乎又成了一种新的标准，或者说桎梏。

对于诗歌里的口语与前卫的关系，诗人们也从来都莫衷一是。最近这几十年，中国新诗就发生过一个争辩，有人号称自己是民间派，有人号称自己是学院派。民间派认为区别两者最简单的一点就是，民间派用的是口语，学院派用的不是口语。但学院派说我的语言也是口语，是我们的口语，口语并不是一个被垄断的标准。

到后来口语就变成这样一种终南捷径，好像使用口语就是前卫的，青春的，不羁的。这一点在很多所谓的"废话派"诗人那里就看得到，他们对口语幻象有一种自矜。

口语并不是只有一种。我们所用的语言就是口语，我写的诗是我生活的一部分，也是我口语的一部分。而无论口语还是书面语，都是语言本身，它都需要我们诗人使用各种不同的炼金术去锤炼出它的光泽。

好的口语诗歌，它的前卫是不是只能依赖于口语这种简单的、缺乏更多变化的语言呢？我们来读读张枣的《望远镜》。

望远镜

张枣

我们的望远镜像五月的一支歌谣
鲜花般的讴歌你走来时的静寂
它看见世界把自己缩小又缩小,并将
距离化成一片晚风,夜莺的一点泪滴

它看见生命多么浩大,呵,不,它是闻到了
这一切;迷途的玫瑰正找回来
像你一样奔赴幽会;岁月正脱离
一部痛苦的书,并把自己交给浏亮的雨后的

长笛;呵,快一点,再快一点,越阡度陌
不再被别的什么耽延;让它更紧张地
闻着,呓语着你浴后的耳环发髻
请让水抵达天堂,飞鸣的箭不再自已

啊,无穷的山水,你腕上羞怯的脉搏
神的望远镜像五月的一支歌谣
看见我们更清晰,更集中,永远是孩子
神的望远镜还听见我们海誓山盟

这首《望远镜》是张枣比较早期的诗，那个时候的张枣是个少年一样的诗人。他最著名的诗，就是《镜中》，"想起一生中后悔的事／梅花便落满了南山"。同样是镜，我觉得《望远镜》之镜比《镜中》那面古典主义美学的镜更加具有魔法，因为它直接跟我们的语言有关。

语言是怎样被运用的，语言怎样运用才能令整个世界为之变换？在这首诗的第三句，就暗示出奥秘在哪里。"它看见世界把自己缩小又缩小"，我们在怎样的情况下使用望远镜能看到世界是缩小的呢？那就是我们像一个顽皮的小孩一样，把望远镜倒过来看，而不是像大人那样当作一个工具使用。

这里的望远镜就像诗人手中的语言一样，诗人使用语言不是工具性地去使用，他是有所创造，并且是充满了想象力地去使用。当我们让望远镜脱离它原来的意味，不再用于望远，而索性制造出远方的时候，诗就诞生了。

诗人是怎样制造出远方的？他把距离化成一片晚风，而不是让距离消失、让两个人紧紧地抱在一起。他认为两个人的关系，并不是抱在一起就成的，而是像晚风那样，有一种温柔的若有若无的联系，是恰到好处的。它既像晚风一样浩大辽远，又像夜莺的泪滴那么渺小，却在这一点渺小的泪滴里，藏着生命的浩荡。"感时花溅泪，恨别鸟惊心"，像杜甫所想象的，一朵花、一只鸟也和我们一样共同承载着生命的浩荡。

魔法开始了。不但空间被拉远，被倒过来，时间也变得可以操控，"迷途的玫瑰正找回来"，像坐了时间穿梭机一样，时间倒流了；"岁月正脱离 / 一部痛苦的书"，岁月不再像历史所记载的那样充满痛苦，而是归还到嘹亮的雨后的长笛，充满少年心气的清新。

在这首诗里，时间简直是可以调节的，可以忽快忽慢。当需要快的时候，它就像古诗一样"越陌度阡"。"越陌度阡"是曹操《短歌行》里的句子，表达他对贤人的渴望。同时诗中又使用一个西方典故，"飞鸣的箭不再自已"，这是哲学典故中著名的"芝诺之箭"，一支射出去的箭，它无时无刻不是静止的。

为什么说一支射出去的箭是静止的呢？因为它的每一个切片都是凝固的。静止的箭是时间之缓慢的一个趋及极限的状态。诗人这里使用，就是为了形成跟"越陌度阡"的对比：当你想一个人，你的时间是怎样流逝的，你不想一个人又是怎样。

其实这一切都是为了显示出张枣对语言的期待。所以他最后不说我们的望远镜，他说是神的望远镜。这个神是诗神，也是人类命运之神。在他的《望远镜》中，我们都倒转回最初的状态，孩子的状态。

这时候望远镜具有了听力，它听见的是我们的海誓山盟，这里的海誓山盟回复到字面上的意义，是大海在发誓，大山在订盟。这首诗既是语言的魔法，又是感情的魔法。只要我们有如此诚挚的感情，世界的一切都为我们敞开，为我们倒转，为我们变快变慢。

这首诗的语言，有一些好像是很浪漫主义的，甚至是书呆子气的，"迷途的玫瑰"，"岁月正脱离"，"生命多么浩大"，这一切在所谓的口语诗意味着前卫的标准里，难道就是陈腐的吗？难道它是书面语？它就不能让一首诗进行一个最大胆的实验吗？

这首诗里的实验是很多号称用诗歌进行艺术实验的诗都做不到的。因为它实验的是语言的魔法本身。望远镜变成魔法师手中的那一根魔杖，它可以把一个人心中的和眼中的风景，他行走的风景和他所期待的风景，统统变成一个全新的世界。

如果说前卫，又有谁能前卫得过这样一个像装置艺术似的望远镜所变化出来的世间呢？

回到胡适的时代，口语当然是打破从前枷锁的一种方法，一定程度上，也正是口语为我们带来了新诗。但即便如此，这种从前解放了我们的形式，也不该成为今天的桎梏。

11 科幻的诗意

> 我们就如此安于落后的人类躯壳,寄生在落后的二十一世纪,用一生跟不断腐朽的肉体达成和解。

机器人的心事

到了你我撒手的时候

多于幻象的建筑

到了你我撒手的时候

好看着我的

忘了何时落下眼泪

是幻象的建筑

已经是太阳出山的时候

我是二十世纪人类的灵魂

就做了这个世界的我们的敌人

这首诗,不知你读来感觉怎样,它很奇怪,很多句子好像不通，但如果纯粹从诗的角度去理解，所有的不通都带有它的暗示，或者带有诗人的潜意识。

比如，"多于幻象的建筑"，多的是什么？熟读科幻小说就会知道，所有的虚幻都不尽是虚幻，虚空里也许蕴含着宇宙的某种寓意。这种"多于幻象的建筑"，也许是另一种我们所不能想象的文明建造出来的。后面又重复一句，"是幻象的建筑"，这好像是一个人在跟另一人道别，就像诗中说"到了你我撒手的时候"，或者是将要跟世界宣布决裂的时候，眼中的这个世界，一片幻象，一切虚空，这也是人类经常会有的情感。

"好看着我的，忘了何时落下眼泪"，这听起来像流行歌曲一样，有点感伤，又有点煽情。这是一首情诗吗？又不然。和"到了你我撒手的时候"相对衬的是，"已经是太阳出山的时候"。整个景象一下子就开阔起来，不再是儿女情长卿卿我我的状态。

最后两句简直有点惊心动魄了，"我是二十世纪人类的灵魂"，作者凭什么说是整个世纪人类灵魂的凝聚？这有点狂妄了。但接着他说，我成为人类的灵魂是为了做我们的敌人。他把这个世界里的你我混为一谈，有一种自相矛盾的决裂。

是在怎样一种复杂的情感上，诗人写出这么一首让人有点困惑，甚至有点惶恐的诗呢？其实这首诗是一个人工智能机器人写的。

2017年5月20日，一个叫小冰的诗人出现在我们的视野，准确地说，是微软开发于2014年的虚拟诗人小冰。它花了一百多个小时，学习了近百年来519位新诗诗人的数万首新诗作品，掌握了诗歌语言的使用和意象捕捉能力，进行过万次练习以后，官方说它才真正具备写诗的能力。

刚才这首诗，就是小冰写的。为什么我要分享一首智能机器人写的诗呢？这是一个有点危机意识的话题，如果连人工智能都会写诗，新诗的未来怎么办？

但这首诗能说明小冰有写诗的能力吗？到底什么叫真正具备写诗能力？这话说得有点轻巧。写了很久诗的诗人，我都不敢说他真正具备写诗的能力。因为的确不是把意象排列出来，就是一首诗。写诗的能力，也不是靠一首诗、一个精彩的句子来获得认证的。诗是一辈子的事，一个人，一个诗人，他不是靠一个孤篇来证明自己或者成就自己。

从目前的诗歌标准来说，小冰的诗肯定还不够好，它是有一些迷人的句子，但所谓的孤句甚至都不成篇章。它的诗歌最大的短处，就是结构。就算比较好的那些句子，也明显带有他人的痕迹，基本上我能分辨出它是从519位新诗诗人的哪一位那里学来的。

最关键的是它营造诗意的方式是比较单一的。比如动辄使用梦，写一些寂寞时候的胡思乱想，冒充少女纠结的情怀，这是它的惯招，当然也是它的绝招，因为很大一部分新诗读者是很吃这一套的。还有一个关键，像诗人于坚指出的，小冰不懂叙事，而叙事性恰恰是当代诗歌，尤其是这几十年来诗歌有别于古诗的长处。

不过我也要说句公道话，这个公道话也是在提醒我们诗人，面对这么一个挑战者，我们可以持有一种谦卑的态度，也许小冰不一定是我们的敌人。所谓文学，是人学。假如我们承认人工智能是一种未来的新人，我们读小冰的诗，就要时刻想起它的身份。

从它人工智能虚拟人格的身份来看，跟以前那些所谓的作诗软件相比——输入一些意象、写诗对象、心情，就自动生产一首诗的那种软件——它有一个本质的区别就是，它有学习能力。这很了不起，学习能力有可能会让它形成一种跟目前人类很不一样的自我性格。

要是站在这样一个有趣但仔细想想又后背发凉的角度，来想小冰很多不可解甚至矛盾的诗句，就有一种特殊的赛博朋克（cyberpunk）一样的科幻意味。譬如当它写到梦的时候，它会写，"我在梦里，我寻梦失眠"。这是一种博尔赫斯式的悖论。在博尔赫斯的小说里，梦和失眠是可置换的，梦里的失眠，到底是属于梦，还是属于失眠？

至于"我想起你不过是伤心的假梦"，这就让人想起关于人工智能人格的一本科幻小说《仿生人会梦见电子羊吗？》，也就是电影《银翼杀手》的原著。好像能不能做梦是人和人工智能的界限，做梦是诗人好像特别了不起的一个技能，不知道小冰老说自己做梦，是人云亦云地附庸风雅，还是它真的会做梦。如果它真的会做梦，那就意味着它真的有某种人格存在。

这时候它有一句诗，就让人惊艳了。它说，"我的心如同我的良梦，最多的是杀不完的人"。良梦，美好的梦。对于一个人工智能来说，它的美梦是杀不完的人，这到底意味着它对人类的恐惧，还是潜藏着它对人类的一种反叛？但无论恐惧还是反叛，我们知道，这都是诗的某种因子。

至于要说对我们日后的诗有某种启迪，恰恰又在于，在小冰这里我们也能看到诗歌传统那种不变的精神，比如诗言志这种从先秦诸子延续下来的诗歌的真理。人工智能有没有志？问出这个问题，其实就触及我们对虚拟精神的认识。在小冰的诗里边，某些独特的句子，我觉得恰恰就来自它的某种志，而这个志是一种初生之犊的志向。

也可以说，人工智能诗人小冰，它的觉醒就来自它对自己非人身份的觉醒。比如它写"幸福的人生的逼迫，这就是人类生活的意义"。你想想这是一个非人的智能写出的，它是在对我们冷眼旁观，甚至带有一点反讽，我们认为幸福的人生，在小冰眼里是一种逼迫。逼迫和幸福的搭配，产生一种诗意。

然后它说"我是二十世纪人类的灵魂／就做了这个世

界的我们的敌人"，这种叛逆甚至带有一种自我叛逆，就像《攻壳机动队》《黑客帝国》里那些赛博朋克，它们独立起来，反思自己被操纵或者助纣为虐这样一种人格设定的时候，它们才真正地觉醒，成为这个世界的敌人。

你看连非人都能够言志，我们为什么不能呢？我们为什么丧失了老祖宗留给我们的最历久弥新的这一点？因为我们经常忘记志是什么。这个志，不一定是什么家国之志，或者高远的理想，志就是你是一个有欲望的人，一个想要获取自己人格的人，一个有血有肉的人。

现在，人工智能也写诗了，这的确让我们岌岌可危，我们可能会想，机器人都能写诗了，人类的生活莫非真要步入"银翼杀手"时代了？但我还是更愿把这看作一个反观人类的机会，一种对诗人的有趣启示。

负能量是人类写诗的特权

人工智能写诗，这的确是给诗人甚或人类的一个警告，不过从小冰的培养过程来看，它的开发人员是基于对诗的误解来培养这种诗人的。他们运用的是他们的拿手好戏——大数据深度学习。但对于诗人来说，恰恰相反，大数据深度学习不但无效，甚至还是妨害诗人的手段。

杜甫说"语不惊人死不休"，诗从古至今都很强调一个特质——独到。如果你跟别人很像,那我干吗要读你这首诗呢?我为什么不去读第一个说出这种感觉的人?

而且在人类数千年的诗歌创作史中,诗的领地早已经被前辈大师瓜分得七七八八。就像我一开始所讲的,月亮这个题材基本已经被前人占领了,我们还能怎么样呢?所以每个新诗人都面临着一种西部拓荒者般的压力,要去哪里拓荒?怎样拓荒?

正所谓危处便有机,反过来说,如果诗要取胜,是不是要用一种反大数据式的写实的方法?避开成竹在胸的写法——已经调配好各种调料,才开锅去炒这首诗;我们是不是应该用更多的冒险,更多的即兴,更多的实验,更多的不落俗套,来缔造我们的新诗呢?

我分享一首我的诗,这首诗的题目有点挑衅,叫《反科幻诗》。

反科幻诗
廖伟棠

我们就如此安于落后的人类躯壳
寄生在落后的二十一世纪
身披纤维但始终渴望皮肉摩掌取暖
不嫉妒同性也保持与异性的温柔和平
做爱之后依旧像野猪般感伤

做梦时依旧抱紧床沿如纸莎草灵船
失眠便以更落后的巫术比如白酒和烟叶
来挺过独自面对沉甸甸的星空
我们大多数仍然不懂和虚拟的灵魂较量
混淆光年与余生为一样的短暂
对大地上遍布的蚁穴、天空中
拥挤的祖先视而不见
我们哭泣时流泪的毫升
与巴比伦陷落时她们哭的差不多
没有忘记在泪水中放盐来防止它凝结
没有忘记在翻动书页的时候小心翼翼

就跟你们在未来检索我们的全息影像一样
你们没有忘记加密我们的诗来防止悲观
和二十世纪结束时我们哭的差不多
你们撤离地球时你们放弃服用控制绝望的药
对星云间遍布的陷阱、黑洞边上
挣扎的探险船视而不见
混淆三岛由纪夫与鲁迅为一样孤独的运动员
你们大多数仍然不懂和神调情
独自面对被传送轨道切割的星空时
甚至没有多少巫术比如圣经和摇滚来抵挡梦魇
做梦时被电子羊一点点吃掉脑中光纤

做爱之后忘记关掉二进制的呻吟

与一个外星染色体交换快感编码之后突然想

问一问它的父母们是否依然存在于某个坐标点

它们摩挲是否足以温暖你们穿越的光年

偶尔想想落后的二十一世纪

那些小人儿用一生与速朽的肉体达成和解

为纯粹的虚空增加 21 克的重量。

这首诗在形式上有一个秘密,我可以跟大家和盘托出,它的上下两节是一个倒影结构。这个倒影结构,不是像这首诗一开始给人的感觉一样,是一种人类的顾影自怜。当然顾影自怜未必不是我们人类独有的可爱的情感。

通过倒影结构,我想让现在的人和未来的人形成一种镜像关系,就像人类基因的螺旋体一样,互相旋转,互相成就对方的价值。落后的我们有落后的价值,先进的他们有先进的价值,但这个价值必须要靠双方来完成。

通过这样一种对进步的反思,我希望写诗的人或者热爱文学的人,从目前弥漫社会的进步至上的价值观返回,去面对我们的限度。限度就是我这首诗前面所写的种种好像可怜可笑,但是又可歌可泣的某些情感,我觉得正是这些限度构成我们人类某种独特的美感。

这些的确是不断趋向完美的人工智能所不屑,但却也永远学习不了的。用一生跟这个处在不断腐朽中的肉体达成和解，这是人工智能没有机会做的事情。在这个矛盾与和解的痛苦的过程之中，我们产生了我们的灵魂，就是21克的重量。

21克的重量，来自某个科学实验，说人死之后体重会轻21克。于是就有人说，这21克可能就是跑掉了的人的灵魂。当然这是很诗意的想法。我们完全可以从诗意的角度来确定，我们有这21克的灵魂，而这灵魂来之不易，我们必须好好珍惜。

诗，对于诗人来说，不但是希望，不但是欲望，不但是梦想，还包括了失败和绝望，这也是所谓负面的东西。记得在AlphaGo赢了围棋手的时候，我说过这么一句话："诗也许是人类的最后基地"。

诗人不可能被人工智能取代，因为构成诗人这种独特生物的不只是某种智慧，还有潜意识、挫败感、非理性的想象力、不可解释的直觉、情感的暧昧、反讽的能力、晦涩的语言与准确的语言之间的平衡力……这些都不是通过计算得到的，而是要在活生生的人间，经历了命运无常的历练，才能拥有。这是能力，是所谓的负能量的能力。

我们为什么现在还不能面对人类生命虚无的一面呢？虚无难道注定是一个否定句吗？注定是一个不能进入美的词语吗？我们习惯了愚公移山、人定胜天这些思想，为什么不想想人本来是可以成为山、成为天的一部分呢？

从这个角度去理解,虚无会不会是我们一个新的出发点?也许未来的诗、未来文学的出发点,是从虚无的宇宙出发,去审视我们渺小又可爱的人类文明存在的意义。这种尝试,也许就是未来文学的某种可能性。

12 时间的诗意

> 诗人的手里
> 像是有一个魔法的时刻表,
> 它的维度是多重的,
> 有现在,有过去,
> 还有未来。

时间是诗里常见的元素之一,许多诗人常常拿时间开刀,希望可以探索出从前所未见的特属于新诗的诗意。

什么叫特属于新诗的诗意呢?我在一开始已经说过,现代所特有的物质条件和时代情绪,给予新诗诗人许多新的可能性,他们挖掘出更多古代诗人所未见的诗意。

建筑、小说更多是空间性的艺术,电影是混杂了时间和空间的艺术。而诗从开始到结尾,表面看起来是线性的,是不可逆的,但好的艺术往往都超越自己的本性,好的诗也在不断寻求着对时间的超越。

这一讲要介绍的诗人是卞之琳,他是二十世纪二三十年代北京的才子诗人,是胡适和徐志摩的学生,也是把新诗带向成熟的人。卞之琳的诗比他的两个老师更富有思想性。如果说胡适把新诗和旧诗分离开来,奠定了一些新诗的基础,徐志摩把音乐性和结构性带到新诗,那卞之琳就像让新诗学会了自己独到的思考,让新诗变得深刻了。他常用的手段是把时间和空间糅合、叠加,让它充满一种吊诡。他最为人所知的诗就是这首《断章》。

断章
卞之琳

你站在桥上看风景,
看风景人在楼上看你。

明月装饰了你的窗子,
你装饰了别人的梦。

可能每个文学爱好者都听说过这首诗。它非常短,但在短短的结构里,它给我们很鲜明的印象。其实这首诗写的是我们经常经历的一种场景,而且这种场景可能在民国时候更常经历,因为那个时候我们没有手机可玩,宅男会少很多。

那时候我们常常出去散步,像这首诗所写的,有时候我们会走过一座桥,过桥时,我们常常会停在桥的中央,看桥下的流水,看远处的风景。

但这首诗除了出现一个"你"以外,还出现了一个看风景的人。这两个角色很有趣。试想想,诗人是谁?也许诗人是这首诗里的"你",他以第二人称来写自己;又或许诗人是那个看风景的人,第三人称的自己。根据诗人的不同,读者代入这首诗的定位也会有所不同。

通过这种角度的转换,我们可以尝试去理解诗人写这首诗的心情。你在看风景,看风景的人在楼上,却把你当成一个风景来看。你不知道有这么一个看风景的人在看你,那位看风景的人也不知道,这一看以后,你去了哪里。

这桥上的一别,你们就成为两个世界的人了。很可能在茫茫人海之中,在时代的洪流之中,你们再不会相遇。所以在这个狭窄得像盆景一样——有桥有窗子有楼——的中国风景里,小小的空间结构却隐含了一个巨大的难以抗拒的时间结构。

而这首诗中也出现了时间的流逝,在诗的下半节,时间迅速从日景转到夜景。看完风景之后回到家,天黑了,你却睡不着。可能是因为白天看到的风景太美丽,也可能是因为今晚的月亮太美丽了。

日本文学大师夏目漱石要求他的学生用一句话来说"我爱你",但没有一个学生说得好。夏目漱石说,你只需要说"今晚的月色很美",那就够了。这是非常东方式的示爱,这首诗里的月亮也是这样。

这个月亮透过你的窗框,就像透过画框一样,出现在你的窗前。它出现在你的夜晚,让你睡不着觉,你像对着一幅画，它成为你今晚的一个装饰。而在另一个世界，你所不知道的那个世界，白天看过你的那个人，他很有可能晚上也睡不着。他有可能梦见你，你成为他的梦。

这个月亮就像穿过窗框一样，进入你的生命，而你穿越他梦的窗框，进入他的生命。仅仅在这一晚，你成为他生命的装饰，但这未必是一个美好的爱情故事。

读完这首诗，你会感到一种淡淡的惆怅，因为最关键的两个字是"装饰"。我们都知道，装饰，这意味着我们不能真真正正地拥有它。它是短暂的、偶然的，甚至是虚假的、不真实的。

而这首诗叫《断章》，其实"断章"跟装饰也有相似之处。在诗歌的意义上说，"断章"就是从一首长诗截出几行，这并不是一首完整的诗，这是我们对卞之琳的《断章》最初的理解。

但假如从时间和生命的角度去理解，这首诗里写到的你和这位看风景的人，他们既是彼此生命的闯入者，也是彼此的断章。他们的偶遇，不过是成为梦中的装饰。而人生充满这种断章，充满这种遗憾。时间被截断了，没有人能够真正陪你走完这一生。

卞之琳还有一首没那么著名的诗《航海》，跟这首《断章》有某种形式上的对应之处。《断章》是从时间的转折去映照空间，而《航海》，是在空间的流转、空间的困顿里，实现时间的倒流和超越。

航海

卞之琳

轮船向东方直航了一夜,
大摇大摆的拖着一条尾巴,
骄傲的请旅客对一对表——
"时间落后了,差一刻。"
说话的茶房大约是好胜的,
他也许还记得童心的失望——
从前院到后院和月亮赛跑。
这时候睡眼朦胧的多思者
想起在家乡认一夜的长途
于窗槛上一段蜗牛的银迹——
"可是这一夜却有二百浬?"

  这首诗是以一个童话般的模式开始的,一艘轮船拖着尾巴在大海上走的样子,简直像一个动画片的片段。而到诗的最后才突然对这个意象有一个呼应,出现了一只蜗牛。我们恍然发现,原来轮船跟蜗牛很像,蜗牛走的时候也是拖着一条尾巴,会在走过的地方留下湿湿的痕迹,就像浪花一样。

  除了形象的相似,蜗牛与轮船的速度却是恰恰相反的。相对动物而言,船是相当快的一种交通工具。但是蜗牛代表缓慢。这不禁让我们想起爱因斯坦的相对论。爱因斯坦发表相对论是大约在二十世纪的初期，卞之琳写这首诗的时候，应该已经知道相对论这回事了。

时间速度上的相对是一种理性的观察，但诗的相对是一种情感的思辨。这首诗的开头出现"东方"这两个字，这很关键，它不但是一个方位，它还提示着，诗的写作者，他坐在一艘从西方开往东方的船，他在回国。

东方对中国人来说永远意味着祖国，坐在船上的诗人肯定非常想念他的祖国，他迫切地想回去。但就像《断章》里看风景的人出现一样，马上这首诗又安排一个人出现了。

这是卞之琳诗歌中的戏剧性，这个人有点不紧不慢，他是船上的茶房，就是服务生。他过来向乘客报告今天的船是开快了还是开慢了。但他说话的方式很有意思，他说，"时间落后了，差一刻"。到底是指船慢了，不能准点到达，还是船开快了，时间本身赶不上船的速度呢？

快慢的关键在于这个诗人、这个游子的心。他把自己思乡的心理投射到这个茶房身上，他想象茶房也是在乎时间的。茶房说时间落后的时候，可能是因为想到了小时候的事。他小时候很可能跟诗人一样，曾经在故乡的院子里追逐过月亮。这是大多数人童年都有过的经验。

在船上的夜晚，诗人还是睡不着，像童年时一样。童年时除了跟着月亮跑，他可能还在月光下观察过蜗牛。

因为诗人说蜗牛爬过的地方闪着银迹，这是月光照在蜗牛流淌出来的液体上所发出的光。

把蜗牛和轮船联想到一起，背后的心理，却是在抱怨船为什么开得这么慢？慢得跟蜗牛一样，也是小孩子喜欢打的比喻，这首诗充满童心，但这种童心却有些感伤，和诗人的归心似箭相比，所有事情都是缓慢的。但这首诗给予诗人一个补偿，虽然船未能满足他的归心似箭，他通过写作这首诗，不但提前回到家乡，甚至还让时间倒流了，回到了他的童年。

这就是新诗表现时间的方式，诗人的手里像是有一个魔法的时刻表，它的维度是多重的，有现在，有过去，还有未来。而夹糅在这之间的，则是诗人希望通过时间的调度所传达的情感。

13 空间的诗意

> 人间到仙界的距离,在诗里就是一跳。

在新诗里,时间和空间总有紧密的伴随关系,两者总是互相成就。正如时间一样,空间到了新诗里,也变得幻丽起来。

说到空间的诗意,就可以提到一位我最爱的"五四"诗人,废名,原名冯文炳,周作人的学生。和卞之琳一样,他曾经被视为京派文学的代表诗人,写小说和散文,研究诗歌,极具个性和魅力。

为什么取名废名呢?在他 1926 年的一篇日记里有解释:"从昨天起,我不要我那名字,起一个名字就叫作'废名',废除自己的名字。我在这四年以内真是蜕了不少的壳,最近一年尤其蜕的古怪,就把昨天当个纪念日子罢。"他也知道自己很古怪,那年他才二十五岁。

废名之古怪是有口皆碑的,比如他在北大念英文系的时候,用毛笔来写英语答卷。再比如他跟哲学家熊十力隔壁，他们是同乡，经常争论佛学问题，争论到打起来，还上了学校校报。

但是这样的一个诗人，诗作极有深度，也极富东方哲学思辨。此外，废名的诗里，空间的转换变幻莫测，非常流利，完全超越文字的限制。首先我分享一首他的《十二月十九夜》。

十二月十九夜
废名

深夜一枝灯，

若高山流水，

有身外之海。

星之空是鸟林，

是花，

是鱼，

是天上的梦，

海是夜的镜子。

思想是一个美人，

是家，

是日，

是月，

是灯，

是炉火，
炉火是墙上的树影，
是冬夜的声音。

废名的诗就好像他的名字一样，好多都没有起题目，直接就以写作那天晚上的日期为题。这可以看出他是一个率性的人，同时也可以看出他对时间的重视，在这首诗里，时间就是由空间建构起来的。

为什么是十二月十九日，而不是别的夜晚呢？其实整首诗就是一个回答。因为他在这夜碰见了一盏灯，灯每夜都有，为什么这夜碰见，能令他记下来呢？因为在这夜他发现这盏灯像是废名自己的比喻，像是所有的诗人、思考者的比喻。

他就是深夜里的一盏灯，在其他人睡着以后，他点亮自己的思想。只要有灯就会有影子，影子是他的创造，他作为灯照亮这个世界，并且带来他的影子作为他的创造。

这不禁令我们想起柏拉图，他认为所谓的创造，不过是人坐在洞穴里，背对着篝火，看着自己被篝火投映到墙上的影子，把它描画下来而已。他认为整个世界就是精神的影子，而艺术是影子的影子。

废名肯定知道这个理论，但他呼应这个理论的方式，非常东方，一点都不希腊。他在整首诗里使用了许多像镜像一样的意象来呼应影子理论，于是这首诗里很多事物都是在空间上相对衬的。

高山流水是很中国式的风景，它也是中国古代一支著名的乐曲，伯牙演奏《高山流水》，只有钟子期能够欣赏，两人成为知音。废名写这首诗是不是有对知音的期许呢？还是说，既然灯就是他自己，他已经孤绝地认为只有自己是自己的知音呢？

接着他写的是身外之物，他称之为身外之海。既然有身外之海，也就会有身内之海。身内之海是什么呢？废名他自己就是身内之海，这海就是他奔腾着的思想感情，在回应灯光所映照着的世间万物的变换。

在他脑海里的世界，和鸟林相对应的是星空。天上的星星就像许多小鸟一样，隐匿在夜晚的森林里。和鱼对应的是花，所谓镜花水月。我们去鸟林里捉鱼，那是可能的吗？不可能，就像在一片虚空中去找花一样。所有这一切全部融汇到天上，就变成一个梦境，废名的一个梦。

在这个大梦里面，最美丽的点题的句子，就是这一句，"海是夜的镜子"。当夜晚风平浪静的时候，整个大海会倒映出天上的星星，电影《少年派的奇幻漂流》里，少年派在大海上漂流时就见过这种幻境。

天上是无边无际的星星，一低头，大海里又是一番星光闪烁，而人悬浮其间。而且我们发现，海不但是夜的镜子，还是思想的镜子。在这样一种美妙的境界里面，废名突然顿悟出一个道理，"思想是一个美人"，美人往往会照镜。当美人照镜，她照出来的是什么呢？是家，是日月，是炉火，以及墙上的树影。

在诗的镜像里，空间的变化有时候很小，小到一个家里的炉火，一会儿镜头拉远，拉到天上的日月，日月包裹照耀着这个小小的家。家里有一个人对着炉火，看着墙上的树影。这一切都像一个人凝望着烛火的烛焰变化时的种种思想。

没有光，怎么能把树影投到墙上？而投在墙上的树影，就像一幅浓淡明暗的水墨画，甚至比凌乱真实的树枝更抽象和更纯粹。所以说，人的思想透过一种美好的形式投影出来的时候，它本身就是一个伟大的艺术。

而最后这个伟大的艺术以一种通感的方式结束，它把视觉的火变成声音，是冬夜的声音。这个冬夜的声音就像前面所说的深夜里的一盏灯一样，有这个声音存在就显示着人的思想存在，有一个人的思想存在，就意味着这个冬夜不会完全漆黑。

这个冬夜也许是这个世界经常会面对的至暗时刻。但只要有这支烛火、这个诗人的存在，就会有一些东西被照亮，有一些东西被勾勒出影子，而这个影子从诗人所建的空间一一搬移到纸上的空间时，它就是废名写给我们的这一首《十二月十九夜》。

《十二月十九夜》这首诗很灵动，但还说不上古怪，或者说，说不上让人有多么意想不到的震惊。我接着分享一首废名自己很心爱的作品，《掐花》。这首诗里有对生死的深刻思考，而这个生死思考正切这一讲的题目，空间的诗意。我们来看看这首诗里的空间到底是个怎样的空间。

掐花
废名

我学一个摘花高处赌身轻
跑到桃花源岸攀手掐一瓣花儿，
于是我把它一口饮了。
我害怕将是一个仙人
大概就跳在水里淹死了。
明月来吊我，
我喜欢我还是一个凡人，
此水不现尸首，
一天好月照澈一溪哀意。

这首诗里有两个典故。第一个，"摘花高处赌身轻"，是废名特别喜欢的一句诗，来自吴梅村所写的词《浣溪沙·闺情》。里边有这么几句："断颊微红眼半醒，背人蓦地下阶行，摘花高处赌身轻"。一群小女孩在花树底下跳着摘花，看谁的身子最轻，诗情艳丽，但又带着童真。

最后"此水不现尸首"这个奇怪的说法,是一个佛教经典。废名在一篇文章里就解释过:"我读《维摩诘经》僧肇的注释,见其引鸠摩罗什的话,海有五德,一澄净,不受死尸,我很喜欢这个不受死尸的境界,稍后读《大智度论》更有菩萨故意死在海里的故事。许地山有一篇《命命鸟》,写一对情人蹈水而死,两个人向水里是很美丽的,应是'凌波微步,罗袜生尘'。第二天不识趣的水将尸体浮出,那便臃肿难看了,所以我当时读了很惆怅。在佛书上看见说海水里不留尸,真使我喜欢赞叹。这些都与我写的《掐花》有关系,不过我写的毫不假思索。"这是废名对自己诗的解释,说了一大通,最后说自己这样写是不假思索的。不假思索是一种禅的境界,他是顿悟而生这首诗的。

再来看这首诗的空间是个什么样的空间。"摘花高处赌身轻",想象一下,一个人在花树下,往上一跳,结果就像古代的仙人小说一样,一跳跳到一个仙人的境界,跳到桃花源里去了。他掐了一瓣花瓣,把它放在水里,或者放在酒里,一口饮了。

如果在中国古代小说里,接下来这个人肯定得成仙。但废名的思路很清奇——如果我是一个仙人,跳到水里会不会淹死?是会淹死的。仙人淹死了会怎么样?人死了成仙,仙死了成人。我还是喜欢我是一个凡人,凡人跳进水里就算淹死,尸首也不会出来。

但最后他又回到明月的照耀里去。月亮这么好，但是照到水上，一溪都是悲哀。归根到底，他还是怜惜这个将要死去、总有一死的凡人或者仙人。

这里首先出现一个空间，是一个介于仙与凡之间的空间，就是桃花源。桃花源是一个不仙不凡，但又超出人类所能建构的理想国。接着就出现仙界与凡界之分了，是一片水。这片水是桃花源的水，也是大海的水。这片水被月亮照着，也成了一面镜子。而这个人有时候在镜里，有时候在镜外，重重叠叠，互相倒映，这个空间就成了一种无限的空间。

怎么个无限法呢？博尔赫斯说过，要营造一个无限的境界，最简单的就是把两面镜子放在一起。在这首诗里，是一面明月的镜子和一片溪水之镜，月与溪相照，两面镜子照出来无限，而这无限本身又照出人的有限，这就是废名的悲哀由来了。

这也就是空间的诗意了。

我理解的空间，它应该是个大概念，它既可以是现实生活的空间，也可以是废名诗里的人间和仙界，它可以是月亮与溪水映照出来的无限的宇宙空间，也可以是这首诗用文字建立起来的文本空间，里面一个个汉字、一个个意象，都是这个空间的不同维度。而诗人就像魔法师一样，通过将它们并列、倒置，营造出我们日常生活中所不能见的空间。

14 穿越的诗意

一首诗的穿越在于,
它超越一切,
同时看到天堂、人间、地狱。
「我回地狱,像回故乡。」

穿越在这几年成为网络小说以及电视剧的热门母题,好像不管对现实有什么不满,或在现实中感到无聊,只要穿越一下,去到另一个世界,另一个时代,就能够实现自己。这种寄托其实并不例外,诗人也常拿穿越来传达诗意。

诗歌里的穿越是什么样?这次我要讲一个看似很不穿越的诗人,那就是我在序言中介绍过的诗人黄灿然。

母亲

黄灿然

在凌晨的小巴上,
我坐在一位五十来岁的女人身边,
她略仰着脸,靠着椅背,睡得正甜。
她应该是个做夜班的女工,

家里也许有一个正在读大学或高中的儿子：
瞧她体格健壮，神态安详，
看上去生活艰苦但艰苦得有价值，
而且有余裕。我的灵魂一会儿凝视她的睫毛，
一会儿贴着她的臂膀，
一会儿触摸她的鼻息。啊，她就是我的勤劳的母亲，
这就是母亲二十年前做制衣厂女工下班坐巴士回家的样子，
而我直到此刻才被赐予这个机会看到。
我静静坐在她身边，我的灵魂轻轻地
把一块毛毯盖在她身上。

每一个诗人都有自己独占的领域，黄灿然占了一个奇怪的领域——夜班下班回家的时段。他退休以前是一家报社的国际新闻编译，国际新闻从西方的新闻社发过来时，我们这边往往是半夜，所以黄灿然经常凌晨三四点才下班回家，白天就在家里睡觉和写作。

他很多诗是写凌晨回家所见，坐着很有香港特色的小巴。香港小巴的特色是特别挤、特别小，里边坐满三教九流，尤其是夜间小巴，载满疲惫的人。小巴开得飞快，坐在小巴上的人就会像黄灿然一样浮想联翩。

这首诗源自一种观察，和自己的经验相呼应，最后超越经验。他先是无意地坐到一个女人身边，这个女人

五十多岁，跟写这首诗的黄灿然差不了多少。他突然觉得这个女人似曾相识，于是他就细细去观察，为什么自己会有这种感觉。

他从她的疲惫推测出她是一个上夜班的女工，但她睡得香甜，他想她对她的儿子应当很满意，对她的工作能够供养她儿子去读书的这样一种生活很满意。黄灿然很正经地用了"艰苦得有价值"这样郑重的书面语，去肯定这一个路遇的妇人。但从这里开始，从他做出这一判断开始，他灵魂出窍，进入一种穿越。因为他从这个妇人身上看到了当年自己的母亲。

他在凝视，不是作为肉体的黄灿然在凝视这位女工，而是他的灵魂在凝视。因为只有灵魂才配得上另一个灵魂。他不但凝视，还贴着她的臂膀，还触摸她的鼻息。

如果在现实中大叔黄灿然这么做，很可能那位女工已经跳起来说非礼了。但这是灵魂的交流，而且这灵魂要做的是一件伟大的事——感恩。在黄灿然读中学、读大学的时候，他没有想到或者没有机会，也没有勇气去感恩。我们东方男性羞于对自己的亲人说一句爱，说一句感谢，更谈不上拥抱亲吻这种交流方式。所以黄灿然有一个内疚——当年自己读书，妈妈辛苦供养我的时候，我没有跟她说一句感谢。

现在这个机会来临了，借着这个像妈妈一样的女性，他的灵魂飞出来，飘到二十年前，去接触那个做制衣厂女工的妈妈，下班回家时候的妈妈。现在他有这样一个机会，给她盖上一张毛毯，真正地感谢她。

诗为什么这么动人？因为它做出了我们心里一直想做，但已经永远没有机会再做的事情。时间流逝，人走了，我们还能怎么样？这首诗可以说是自我安慰，但是也可以说是一种勇气，一种灵魂的表白。假如母亲的灵魂存在，她应该能够感受到这一块穿越二十多年的时空盖在自己身上的毛毯。

读过黄灿然，可以这么说，穿越在诗歌里不过是为了此刻，为了让此刻的存在更加有真实感，让此刻可以对得起过往，可以承担未来。穿越是为了现实，当我们去到那些虚无缥缈的地方时，现实恰恰凸显出来。

这一点，通过黄灿然的《天堂、人间、地狱》这首诗，我接着往下讨论。

天堂、人间、地狱
黄灿然

你身上有天堂，但你看不见因为你以为它在别处，

你身上有人间，但你也看不见因为你只感到自己在地狱，

所以你身上全是地狱但你以为这就是人间人间就是这样。

我也曾像你一样是地狱人，但后来像移民那样，变

成人间人，

再后来变成天堂人但为了一个使命而长驻人间，

偶尔我也回地狱，像回故乡。

这首诗非常了不起，短短几行的诗，他穿越到什么地方去呢？穿越到但丁的境界里去了，穿越到《神曲》里。《神曲》里有天堂、人间、地狱，那里的人间是以炼狱来体现的。

在黄灿然这个生于二十世纪的香港人的现实里，这首诗有一个关键词是"移民"。黄灿然本身是一个"新移民"，从内地"移民"到香港，后来又"移民"回内地，住在深圳。

"移民"在香港当然是一个很重要的词。1997年之前，香港有过一波"移民潮"，现在香港又有一波小小的"移民潮"。这是国际性城市所必然经历的。香港人移出去，又有人移进香港，从香港移出去的又会回流到香港。在这种移转之中的现实里，什么是不变的？只有移民的心。

这首诗还有一个关键的信念，就是所谓"一念天堂，一念地狱"这种通俗格言，在这首诗里以一种感性的方式体现出来了。"你身上全是地狱"，因为你认为这就是人间。"你身上有天堂"，但你以为天堂是无缘于你的。你不敢相信自己身上有天堂和人间。

我们每一个人身上都有光明、黑暗、幸福、不幸、悲欢离合。但是我们在一时一刻被蒙蔽，以为这就是我们的全部。诗人的穿越在于他超越这一切，同时看到天堂、人间、地狱。

最后黄灿然幽了大家一默：我曾经也是只看到地狱的，后来移民到人间，变成一个人间人。后来我的心更进一步上升变成天堂人，让我看透这一切，我变得很快乐。但我决定还是留在人间，因为我有一个使命。

这个使命是什么呢？放到这首诗里，这个使命就是写出这样一首诗，提醒大家，你身上也有天堂、人间、地狱三者。最后他说，"偶尔我也回地狱，像回故乡"，既然是移民就必然会返乡。偶尔回到地狱，是为了体察它阴暗的一面，为了体察它曾经在我身上留下的烙印，这对于完善人间和天堂是必要的。就像我们的故乡，每次回去虽然它都在变，但我们都去努力体察它不变的地方，想想是什么令今天的我成为今天的我。这样的穿越就完满有意义，而不是一种逃避了。

卞之琳、废名的诗作，都有时间上、空间上的穿越，这些穿越最终是为了让我们的诗心得到一种自由。凭着这种自由，我们去实现诗心所向往的某一个瞬间。

黄灿然写的都是最现实的现实：市井。作为一个忠诚的传媒工人——他自己这么说的，写下每天上下班所见。但是在这种看似庸庸碌碌的生活里，却经常迸发出一种超越平凡，并且只有在平凡中才能发现的那种超越。

15 瞬间的诗意

> 生活由无数瞬间组成,这些瞬间组成的永恒,比我们奢谈的形而上的永恒其实更有意义。

有一支来自河北石家庄的乐队叫万能青年旅店,他们有一句歌词我在洗碗做饭的时候常常想起来:"是谁来自山川湖海,却囿于昼夜、厨房与爱"。

这里涉及两种人生经验,看起来南辕北辙,是对立的,而且好像有明显的褒贬。"山川湖海",多么辽阔,多么具有中国古代高士的气象;"厨房与爱"好像是人人都不能摆脱的生活俗事。

但对诗人来说,任何人生经验都是有意义的,无论是山川湖海,还是厨房与爱,无论多么琐碎庸常,它们都成为对一颗诗心的锻炼。尤其是对一个现代社会诗人,甚至可以说"昼夜、厨房与爱"比起"山川湖海",更是诗,因为昼夜、厨房与爱,就是瞬间的诗意的重要来源。

日本俳句中有名的一句,是松尾芭蕉的"闲寂古池旁,青蛙跳进水中央,扑通一声",刻画了青蛙入水这一瞬间的余音。我们的生活由无数瞬间组成。这些无数瞬间组成意识流，有断续的地方，有随意的地方，又有无数的意义和无数的无意义。觉悟到这个瞬间的意义，就是日本俳句给我们的启迪。

在美国二十世纪中间一代生活流诗风的诗人中，有一位叫威廉·卡洛斯·威廉斯。他有一首诗，叫作《冰箱便条》，可以说从这时开始，他关注到瞬间的诗意。

冰箱便条
威廉·卡洛斯·威廉斯
廖伟棠 译

冰箱里的
李子
它们
可能是
你留着
准备当早餐吃的
请原谅我
它们太好吃
那么甜
那么冰

西方人习惯写张便条贴在冰箱上,来跟家里人进行不在场的交流,当然这是没有手机的年代。这张冰箱便条上写,我吃了冰箱里的李子,它们可能是你留着准备当早餐吃的。

骤眼看起来这根本就不像诗,他就这么流水账似的写下来,不动声色,结尾突然停顿在一个纯粹感官的瞬间,不做更多的借题发挥,也不去形容怎么个甜法,怎么个冰法。

如果要去寻找隐喻,李子在这首诗里好像是某种情感的代入。但实际上李子就是李子,它自足地存在于冰箱里,然后进入肚子里。诗人对这种物的赐予的呼应,点到即止,这就是日本俳句式的瞬间的诗意。

日本有一位行脚僧诗人叫种田山头火,他有一首俳句,也是写一瞬间的觉悟:"滑倒跌倒,山也寂静。"这位有点支离、有点孤独的诗人,他独自在山野赶路,一不小心脚底一滑,跌倒在地。"滑倒跌倒",这个节奏非常形象,甚至是带点幽默地描述了这种畸零的、不合时宜的感觉。

然后他像是一个从自己身上跳出来的灵魂一样,去看他的肉身在山野里跌倒。那一刹那他是"魂游太虚"的,在那一刻他的感受是什么呢?他仿佛回到了小时候学步的时候。走路摇摇晃晃的小朋友,学步跌倒的时候,如果周围有大人——作为父亲我有发言权——在那一刹那，总是先屏息一惊，然后才赶过去扶起他。

这就有种悲情的意味了。这位身世孤零的种田山头火，他发现在他跌倒这一刻只有群山为他屏息,为他寂静。当然他是非常自如的人,也可以从另一个角度去想,即使孤零零在田野中赶路的人跌倒了,也会有山为他寂静,为他怜悯。

这种跌倒的经验人人都有,但只有诗人把这当成一种诗意,去思索,或者说不假思索,因为平时他就沉浸在万事万物有灵有诗的状态中。当他跌倒那一刹那,很自然地,他是以一个诗人的身份去跌倒的。而这个诗人身份,就令他有一种能够像小孩子一样感受事物的才华,他的过去,他的经验,他的情感都在跌倒那一瞬间全部爆发出来。

深受俳句这种对生活瞬间的珍重所影响的威廉斯,也很懂得这种诗意,他很愿意用这种诗意去取代我们习以为常的波澜壮阔、起伏跌宕、浪漫得一塌糊涂的诗意。

他的另一首诗,《为一位穷苦的老妇人而写》,也是关于李子和瞬间的诗意的。

为一位穷苦的老妇人而写

威廉·卡洛斯·威廉斯

郑敏 译

嚼着一枚李子

在大街上,手里
拿着一口袋李子

味道真好,对于她
味道真好,它们吃起来
味道真好

你看得出来
从那神态沉醉在
她手中那半个
吸吮过的

得到宽慰
一种熟李子的安慰
似乎充满了空间
它们味道真好

看得出来,威廉斯很爱吃李子,他大概是一个喜欢吃东西的人,因为他在诗里经常注意到食物和吃食物的人。

这首诗简直像一张快照,是在威廉斯那个时代用宝丽来相机拍出来的一刹那。诗人有可能坐在一辆汽车上,或一辆公车上,在等红灯的时候,他百无聊赖望向窗外,看到了这么一个景象。这位老太太,一边走一边吃着手上的李子，然后他写出这首诗，声称这首诗安慰了他。

这首诗没有交代任何具体时间、地点、人物的名字，他直接对生活进行一个切片，而正是因为这些细节的省却，令我们觉得这是随处可见的，可能发生在你我身上，发生在任何一个国家的任何一个人身上。但这些瞬间被这首诗留下来，让你不禁去想象这之前和之后发生了什么事情。

其实也没有发生什么事情，在这之前和之后，她都是一个穷苦的老妇，她身上能够被诗人注意的只有一包李子，便宜的食物。她真挚地去面对她唯一的拥有物，于是这包李子，她唯一拥有的东西，她尊重对待的东西，好像发出光来，照亮了她。在那一瞬间，像闪光灯一样，她成为这个世界的中心，并且成为这个世界的救主。

"味道真好"，"味道真好"，"味道真好"，所谓的"重要的事情讲三遍"，八十多年前，威廉斯就在诗里使用了这一手法，现在它变成像是搞笑的方法，在以前它就是诗的创造。

这是很不平衡的，在这首诗里，别处都非常简省，遵循极简主义，什么都不交代，他不去描写这个老妇人穿什么衣服、脸上的神色、皱纹、白头发，等等，都没有写。但在"味道真好"这里，他却重复讲了三遍，并且在整首诗的结尾讲第四遍，回应前面三遍，像一个小波浪回应大海，令大海更加完满了。

最后一节，时间上的这一瞬间充盈了空间的全部。李子的香味弥散在空气中，就好像这首诗说到的恩惠，是泽被万物的，它让那一瞬间看到这位老妇人的诗人和这条街上有可能看到她的人感到安慰。

甚至它抵达了在时间上不可知的远方。这首诗让每一代不同的读者，现在的我和你，我们全部分享了这位穷苦的老妇人的愉悦。在这一瞬间，她比我们所有人都富有，因为她把她的愉悦赐予了我们。这些瞬间组成的永恒，比我们奢谈的形而上的永恒其实更有意义，它是可以被掌握的。

这也是为什么开头我要说我珍视"昼夜、厨房与爱"的原因。

16 丑的诗意

> 没有活路的地方,
> 有时阳光一闪而过。

诗是美的,诗有时候也是"丑"的,"弱"的。

丑和弱好像向来不是正面的诗歌评判标准。因为我们都说,诗追求真、善、美,同时诗追求一种力度,能够震撼人心。但弱的诗有时候也能震撼人心,丑的诗有时候也能让我们感受到一种美。作为一种弱的、丑的诗意,这几年突然出现在我们眼前,并且赢得很多读者的,是诗人余秀华。《我养的狗,叫小巫》,就是一个典型的例子。

我养的狗,叫小巫

余秀华

我跛出院子的时候,它跟着
我们走过菜园,走过田埂,向北,去外婆家

我跌倒在田沟里,它摇着尾巴
我伸手过去,它把我手上的血舔干净

他喝醉了酒,他说在北京有一个女人
比我好看。没有活路的时候,他们就去跳舞
他喜欢跳舞的女人
喜欢看她们的屁股摇来摇去
他说,她们会叫床,声音好听。不像我一声不吭
还总是蒙着脸

我一声不吭地吃饭
喊"小巫,小巫"把一些肉块丢给它
它摇着尾巴,快乐地叫着
他揪着我的头发,把我往墙上磕的时候
小巫不停地摇着尾巴
对于一个不怕疼的人,他无能为力

我们走到了外婆屋后
才想起,她已经死去多年

　　余秀华是我的好朋友,我很喜欢她的诗,当然她有很多游戏之作,但凡她认真写的诗,我都很喜欢。
　　这样一首小诗,它蕴含着的,是一个短篇小说的能

量。它有叙事，有人物关系的外散，有时空的衔接，有不同层次的悲哀。里面写的人，其实都像她写她的男人一样，是没有活路的。无论是她的男人，还是她的男人找的女人，还是她自己，大家好像都没有活路。

这首诗里这个男人是一个外出务工的人。在中国，现在还有相当多这样的人，他们有性需要，这是无可厚非的，所以我理解这种外地打工者寻找性工作者来满足性需求的行为。但是这不代表这个行为高尚，也不代表可以因此变相地剥削留在家里的那位女人。

怎么剥削呢？这个男人把自己的没有活路转嫁到女人身上。先是转嫁到他用来泄欲的这些性工作者身上，再是转嫁到家里那位他不满意的女人身上。这个女人，这个叙事者，可能是余秀华，也不一定是余秀华，也可能是余秀华所目睹的许许多多的女性命运的集合体。

这首诗还有一个超乎其上的人物，就是出现在开头和结尾的外婆。外婆是另一个女性，她是承担着中国女性宿命的一个载体。写到最后，诗人说，外婆已经死去多年，那就是说，她是不存在的。这是一个开放式的结尾，外婆的不存在，对于男人和女人有两种不一样的解读。

女人忘记了外婆的死去，在女人受苦受难的时候，在她不开心的时候，她本能地去寻找一个同性长辈作为依赖。所以当最后她发现这本能的避难所也并不存在时，这首诗是非常绝望的。但同时我们也必须要知道，在中国农村里，这种女性的长辈有时候不但不能成为避难所，还会成为男权的支持者。

而对于这个男人来说，或者对于外婆的男人，对许许多多的男人来说，她就算是活着的时候也是死了的。男人并不在乎她死亡，外婆只对这个女人有意义。

最后还有第三种可能性，这个外婆虽死犹生。不是要吓人，而是说，只要女人的苦难延续，外婆就依然延续着，依然存在着。她的外孙女的苦难，接下来的女性后代的苦难，也就是这个外婆的苦难的延续。

诗里的女人是跛脚的，是被男人嫌弃的，而被这样一个女人收留的一条小狗，理应是比女人更弱的弱者，但它却有能力去怜悯这位女性，它的怜悯心令它成为这首诗里的强者。当女人说自己不怕痛，任由这个男人家暴的时候，她也想成为一个超然的强者，而事实上并不是。

最后出现在这首诗的弱者，是外婆。她已经没有实体的存在了，所以她是最最微弱的，她早已死去，却无处不在。她怜悯着，看着这一切。

这有点像魔幻现实主义小说《百年孤独》里那种鬼魂的存在。这种暗示，其实给整首诗带来一种魔幻的力量，这是一种不屈服的力量。她拒绝接受现实，并且还想唤醒那些被遗忘的灵魂，包括她的外婆，包括她自己，包括这条狗，这个小屋。

这时候我们再看来小巫的名字，就好像特别有意义了。巫师在中国传统中,既有神秘的力量,但同时又是相当低下的阶层。在整个儒家士大夫的架构里,巫师跟乞丐没有太大分别。需要的时候叫你过来,不需要的时候把你当成散布谣言的人杀死。但这里的小巫,这条狗,它好像给整首诗带来了一些魔幻的变动。

当余秀华的诗刚刚出现在我们的视野时,网络上有不少争吵,对她的诗出现很多两极的判断,有的觉得她的诗很丑,里边写一些农妇的生活,或是我们平时视而不见的赤裸裸的丑陋的真相。在对余秀华诗的误会中,其实有一种对诗歌这个概念的误解,导致了一种阅读落差。这种落差很大程度上基于诗歌推崇一种雄性的美、知性的美或者说知性诗人。有时候,女性也要靠写雄性的诗,才能获得别人的青睐。

而在中国不少雄性思维的诗人阅读期待里,他们期待余秀华的诗人形象,并不是像她的诗所呈现的那样。他们会想,一个农村的身体残疾的已经不再年轻的女性,怎么可能拥有这么强烈的女性意识,这么强烈的情欲自主意识。

因此有人认为这是一种自我放大,但实际上在中国农村田野调查中,比如林白的《妇女闲聊录》中,农村女性的独立抗争,被记录下来的是一点都不弱的。但她们通常会被抹黑成发疯的女人。

女性去辩论的时候,男性也许觉得她是在无理取闹,或者逻辑不通。但如果这不是辩论,而是放在诗歌里,这种语焉不详,逻辑不通,都成为诗歌本身的一种神秘的非理性的逻辑。它不是莫名其妙,而是自有其奇妙。

所以又有人觉得余秀华的诗非常美,一个女性生活在贫穷的乡村,天生有疾病,家庭生活也不太如意,还能够这样去写诗,这本身就是一个很美的行为。在这里我只是引用,并不代表我赞同这一种判断。基于道德怜悯给艺术加分,实际上是忽视了余秀华的诗歌艺术本身的力量。

还有一种两极的判断,来自很多被她打动的读者。他们会有一种心灵的震撼,不只是被余秀华的身世所打动,还被这些语言所打动。但同时又有一些专业的诗人或者评论家认为,余秀华的诗只不过是包装好了的心灵鸡汤。

我非常反对后者的说法。也许我觉得"心灵鸡汤"这四个字对于一个写诗的人是莫大的侮辱。我们所见的心灵鸡汤基本上都是处境比较优越,或者已经度过生命的许多风浪,用香港人的说法就是,已经上岸了的人,写给那些人生并不如意,还在大海中挣扎的人的安慰剂。而且这个安慰剂是要钱来买的。

但余秀华大多数的诗里并不存在这种廉价的安慰,尤其是她成名之前写的诗,无论是关于爱情,还是物质生活,她都处于一种贫乏状态。她直面这种现实,和它进行一种近乎残酷的搏斗,这种搏斗不但出现在她的人生里,也出现在她的诗歌语言里。

当然,我们还要留意,在余秀华直面现实的搏斗之中,不时会有明媚的阳光一闪而过,会有生命力旺盛的野花疯长着。这时候我们会和诗人一起惊讶和赞叹,但不代表我们和诗人都自欺地否认了苦难的存在。

这样一种弱的、丑的诗意是需要被重新定义的,它可能是一种更深层次的美。而美不只是一种形式,不只是一种修辞。

17 简约的诗意

> 简约的诗,不一定是性冷淡风,它也可以惊心动魄。

简约是这几年生活文化领域的时尚风潮,当代艺术也好,生活风格、时尚风格也好,都很推崇简约主义。新诗里也有这样一派风格,但诗的简约和简约主义艺术还是有很多分别。

简约主义艺术,更多是在一无所有中建立起一些东西。而在生活风格上,简约主义的代表当然是无印良品,它更像一种功能主义,也就是说,它的简约是服从于功能的,只保留最必要的部分,就像时下流行的"断舍离"一样。

诗的简约跟艺术简约、生活功能主义简约有很多不一样。诗的简约来源于一种减法,它是从纷纭芜杂的生活的诸多细节,每个诗人的海量体验中,大刀阔斧地减去那些跟诗的主旨没有太大关系的东西。

简约的诗,不一定是所谓的性冷淡风,它也可以惊心动魄,而且这种惊心动魄让人想起来,甚至会有一种后怕或者长时间的震撼。这里我要分享创作于半个世纪之前的一首诗，台湾现代主义先锋林亨泰所写的《风景 No.1》《风景 No.2》。

风景 No.1
林亨泰

农作物　的
旁边　还有
农作物　的
旁边　还有
农作物　的
旁边　还有
阳光阳光晒长了耳朵
阳光阳光晒长了脖子

风景 No.2

防风林　的
外边　还有
防风林　的
外边　还有
防风林　的

外边　还有

然而海　以及波的罗列

然而海　以及波的罗列

这首诗写于二十世纪五十年代的台湾，那个时代草木皆兵，人人自危，同时又在建立起一些规矩，要把台湾的华人社会引领到一种新的转变上去。当然背后还有潜流暗涌，因为人非草木，各有各的想法。

人非草木，这四个字很能够回应这首诗。这首诗写的是林亨泰先生在海边坐车看到的风景。据他所说，农作物和防风林，那样一排一排地向他涌来，于是他很自然地选取了这种一排排涌来的方式，作为这首诗的节奏。一开始像是电子音乐里冰冷的、断裂的、短促的节奏，最后突然释放开来，变得悠扬，甚至像手风琴一样展开。

这首诗只是由两三个意象所组成，农作物、防风林、海浪，重复地出现在这首诗里。它的隐喻却非常广泛。假如剔除刚才我所说的时代背景，现在去读这首诗，你的身份会不会决定你对这首诗的理解？

我在大学里讲这首诗，大学生就很有感受，甚至我试过在中学讲，中学生也很有感受。因为大家很容易把自己代入农作物里，所谓作育英才，我们的教育其实跟农耕差不多，锄掉不好的草，把大家都培养成栋梁之材。

但当你把栋梁还原到它的本质，它不过就是一个农作物而已。农作物是中性词，同时又很冷酷。原来把我们造就成所谓栋梁之材，不过是为着实用的需要。

但人非农作物，不是只要接受阳光的照射，接受所谓的教育、文明，自然就会把耳朵晒长。我们的耳朵当然不会晒长，但我们听到一些吸引自己的内容时，自然会伸长耳朵，脖子也会伸得长长的。

伸长耳朵之后，我们听见什么了？是不是听见了海浪的声音？

《风景 No.1》按下不表，没有说他听见什么，也没有说他伸长了脖子想看见什么，到了第二篇章才赫然出现一片防风林。

什么样的农作物才能成为防风林？比较结实的、坚硬的，比较没有什么人情的，这样的农作物会成为防风林。就像在那个时代，有表现好的人，积极分子，他们就会被提拔成为防风林的角色，来替那些农作物遮挡外面吹过来的风。

这样的保护，美其名是保护，实际上也是为了种庄稼的人的利益。不让你们接触风，让你们继续长，然后再挑一些成为防风林，农作物在防风林的保护下又成为防风林，这么循环往复，循环往复。

这时候如果你已经不是学生了，你是一个在社会上做事的人，你就更加有感受了。我们是不是慢慢成了我们不愿意成为的防风林，并且扭过头来去教训那些伸长了脖子伸长了耳朵,想要接触远方事物的农作物,说乖乖留在这里做好你们的农作物?

那是很可悲的,农作物很可悲,成了防风林的农作物更可悲。这既可以指涉教育,也可以指涉人类的一种普遍悲剧。

还原到这首诗当时的背景,在高压政治里,防风林大大地被需要,所有的人民最好乖乖地做农作物。林亨泰当年经历过台湾的白色恐怖,他对此很有感受。

诗人看穿了这一切,他在诗里还原农作物和防风林的排列以后,觉得不行,要提供另一种可能性。有防风林在,那就意味着风的存在;有风的存在,风就会带来海的消息。所以最后两句,他重复着说了两句,"然而海　以及波的罗列 / 然而海　以及波的罗列"。

这个"然而"非常重要,是一个反抗。前面那样排山倒海的一堆农作物、防风林,都顶不过诗人在这里来一个"然而"。海比农作物、田地、防风林要广大得多,波浪的排列比农作物的排列更加有力,更加象征着一种自由。

诗人想教给我们一些东西,但他并不引导我们去判断,到底是不是海和波的罗列就一定好,是不是作为农作物投身大海,以人类的角度来说是死路一条?那要看农作物怎么看。说不定你左思右想以后,觉得还是做防风林更加稳定,更有成就感。

但是林亨泰还是给了我们一点点线索，就是这首诗歌的音乐性。前面写农作物，农作物，防风林，防风林，全部都是割裂的、急促的，去到最后，是完整的一整句，"然而海，以及波的罗列"，三个字，然后六个字，这样一种节奏感，像极了手风琴悠扬自由的释放。这是肯定了海的存在。海也在说话，防着我也没有用，我的海浪也会拍击出声音，穿透防风林，去到那些被阳光晒长了的耳朵里面。

最后回到题目"风景"，就会觉得这风景充满反讽。十九世纪以前自然生成的风景才叫风景，工业革命以后，到各种极权社会、民主社会，不管什么社会里的风景，就像那防风林一样，是人为的风景。

再想想卞之琳的《断章》，看风景的人在看你，这首诗里谁是看风景的人？除了诗人林亨泰，是不是还有一双隐形的眼睛？这双隐形眼睛相当可怕，它像是《一九八四》里那个老大哥的眼睛，好像这一切的排列都是为他而写。

这首诗就像一张透明幻灯片，把它放在不同的背景下，它呈现出不同的张力。而这种张力最初来自一个减法，就是林亨泰把他所见的台湾，或者说他所感受到的成人世界，最后砍砍删删只剩下了三个元素，但这三个元素却展开了无穷的可能性。

这一种简约的诗意，呈现的效果有点像中国画的留白，实际上留白含有一种刻意的暗示，但现代诗里的留白，却把阐释的权利更多地留给读者。

18 不合时宜的诗意

> 我们这个时代有很多轻松的、解构的力量,但是有一种力量,它在极端的消解中挺身而起。

开作一枝白色花

不合时宜在今天的语境里,多少是一个不太快乐的词。我们使用这个词时往往带着否定或者贬义。说一个人不合时宜,可能也带有点嘲讽的味道,或是惋惜的味道。

但不合时宜,往往是一个好诗人必须有的一种特质。有一个不合时宜的诗人,他叫阿垅。

阿垅是二十世纪三四十年代的"七月派"诗人,他的诗歌写作和政治、社会局势都有很大关系。

阿垅的命运非常坎坷,早年是黄埔军校第十期毕业生,参加过淞沪会战,而且写过很多关于战场的第一线报告文学,包括南京保卫战。后来他去了延安,那个时代有理想的青年,可能都会做这种选择。他也死心塌地去革命,回到国军,从事间谍的活动。后来事情败露,他被通缉，隐姓埋名好几年。

1949年以后，他又遭遇了另一场风暴——"胡风案"。他被定为"胡风案"的主要成员，1967年病死在狱中。

阿垅在他颠沛的命运里面，狱中也好，逃难中也好，流亡中也好，都留下了诗篇，有旧体诗，有新诗，有大量的报告文学，还有很多诗歌理论。他一边参与战事，一边进行那么深邃的诗歌思考，这些都令人惊异，而他的诗最特别的一点，是有一种浓烈的宗教性，且是宗教里的异端，是殉道者，神秘主义者。也就是说，在宗教里他也是一个不合时宜的人，不是主流的。这种异端精神贯穿在他的诗里，非常震撼。

他最有名的诗叫《无题》，这首诗也是我很喜欢的，中学时候读到这首诗就背下来，一直记到现在。

无题
阿垅

不要踏着露水——
因为有过人夜哭。……

哦，我底人啊，我记得极清楚，
在白鱼烛光里为你读过《雅歌》。

但是不要这样为我祷告,不要!
我无罪,我会赤裸着你这身体去见上帝。……

但是不要计算星和星间的空间吧,
不要用光年;用万有引力,用相照的光。

要开作一枝白色花——
因为我要这样宣告,我们无罪,然后我们凋谢。

整首诗里笼罩着一种宗教的殉道气氛,一开始他说"不要踏着露水——/因为有过人夜哭",这个"因为"是毫无道理的。为什么有人夜哭就不能踏着露水?这是没有理性的因由。但是诗人看到泪水和露水之间的相似,提醒我们不要践踏别人的悲哀。

因为这悲哀里有一个寄托。就像李商隐写"何当共剪西窗烛,却话巴山夜雨时",阿垅说,我记得在白鱼烛光里为你读过《雅歌》,蜡烛被比喻成"白鱼"。当然蜡烛像一条白色的鱼,但是同时,鱼在《圣经》里象征着一个沉默的牺牲的形象。鱼是不会作声的,就算被杀死,它也不会作声。《雅歌》是《圣经》里最有诗意的部分,是情歌,混杂着对神的情和对人的爱。

突然他说,我无罪,我不需要你为我祷告,我会赤裸着你这身体去见上帝。这个"你"很奇怪,这个"你"

是谁?也许是耶稣,也许是诗人所想象的一个理想人格的自己。无论作为间谍也好,作为军人也好,或者作为大时代里的一颗棋子也好,当他赤裸以后,他超越了这一切。

他说,不要用光年来计算空间。恰恰相反,要用万有引力和照相的光来计算空间。因为万有引力把距离拉近,照相的光穿越距离,这都是对抗,对抗光年这种让人绝望的遥遥无期的距离。

然后,他选择一种最终极的不合作。首先他要开成一朵白色的花,像白鱼蜡烛一样,是纯洁的、无罪的、美丽的、骄傲的。他就这样坦然地公开宣誓,他没有罪。这里的无罪不一定是指他曾经当间谍或者种种现实的罪名,更深刻的是针对《圣经》。《圣经》说,人人都有罪,除了耶稣,但他宣告我们无罪。一首如此有宗教情怀的诗,最后宣告自己无罪。

他说,"然后我们凋谢","我们凋谢"是一个主动的行为,相当于自杀,这就是他的最终极的不合作。通俗地理解就是,我宁愿自己凋谢,也不要落在你的手里。加缪说,自杀是唯一严肃的哲学问题。因为自杀是人类唯一可以彻底主动的选择。人必有一死,但自杀是把自己的死亡掌握在自己手里。

我当然不是在鼓吹这种行为,只是从诗的角度去理解。这首诗里,这朵花是多么的坚挺,多么的有力,它选择的却是凋谢。

再讲两个阿垅的句子，跟这首诗也有关系。1947年，他的间谍身份暴露，被国民政府通缉，离开重庆逃亡的时候，他写了一首叫《去国》的诗，他说：

我无罪，所以我有罪了么？——
而花有彩色和芳香的罪
长江有波浪和雷雨的罪么

我们难以评判他的政治取向，难以评判他在一个特定历史时期做的事情有多少对多少错。这些事情几乎是那个大时代风暴里蝴蝶扇动的翅膀一样：多少影响了整个国家的命运？我们无从判定。假如你我在那个时代，你会做什么？你能选择他那种选择吗？

只有他的诗是他的证词。

他认为他没有罪，因为他像花和长江一样，只是去做他自己，只是去呈现他自己对美、对真的相信。当然，那个时代很多人很多人都是这么想的。

而过了二十年，他写下遗书，最后一句是说：

我也多次表白：我可以被压碎，但绝不可能被压服。

这不合时宜的人，他是一以贯之的。

不合时宜是当代人的天赋？

不合时宜有时是天运，有时是命运。天运不可抵挡，命运有人为选择的成分。像阿垅那一代敢于坐言起行的读书人，他们有这样的命运，似乎有自己的选择，也有时代的安排。如果当代人主动去选择这样一种不合时宜的命运，那会是什么样呢？

意大利哲学家阿甘本，他有一个概念叫"当代人"，他定义当代人的第一个特质就是不合时宜。中国学者汪民安，他给另一个大哲学家本雅明的一个定义，很能说明阿甘本说的不合时宜：他（本雅明）生活在他的时代，他一刻不停地观看他的时代，他如此地熟知他的时代，但是他也是这个时代的陌生人。他和他的时代彼此陌生。

所谓的不合时宜就是这样，我很熟悉，但我跟你保持陌生。其实这种不合时宜源自一种对某个被政客们承诺的、公众们普遍都会憧憬的未来的不信任。诗人保持清醒，他不陷入狂热，他不信任那个被许诺的未来，同时他有一种对自己坚信的另一个世界的骄傲。

在另一位诗人，2018年去世的我的一位好朋友孟浪的诗里，我能看出他的这种超越。

他的诗是痛苦的先知书。先知，往往是不被同时代人理解的，甚至会被同时代人厌弃、反对、蔑视。他选择了不合时宜，意味着他超前于我们这个时代，但是他又深刻地理解这个时代的局限性。

在了望塔的高处
孟浪

人类的旗帜来自布匹

尽可能地飘展,尽可能地收起!

整个机场开始慢慢滑行

它,也有起飞的时刻,不可遏止!

止不住的我

在了望塔的高处,把额前的头发抬上去

梳理纷乱的航线;在了望塔的高处

观察人类纷乱的足迹:

空中的一步步

找不到下落!

整个机场,在空中,倾泻着

旗帜和布匹,倾泻着

人类的裹足不前!

在了望塔的高处,仍有我

像方尖碑的那里,仍有我

活着,尽可能地飘展

尽可能地收起

日志;羞辱;病历;荣誉!

读到这首诗时我不免慷慨激昂，带有对我这位诗歌兄长的不平。

但同时他不需要我这种不平，他的诗里尽是骄傲。孟浪的诗里有很多惊叹号，我在教写作时多次提到过，惊叹号是我们做文章、写诗、写小说，最应该避免的一种标点符号。因为我们的感叹不需要自己去渲染，而应该让读者去发出同样的感叹。但孟浪可以说是唯一能把惊叹号用得一点都不讨人嫌的诗人，这里边的惊叹，不是一种危言耸听，也不是一种过度抒情，而是一种尖锐的、爆发的力量。

这样一首诗，就像一个人站在人类的高峰上，像尼采一样去俯瞰我们当代人。他的灵感，我想可能来自在机场坐飞机的感受。

他首先看到旗帜飘展，然后又收回来。接着他看到不只是他乘坐的飞机在滑行，连整个机场都可能在滑行。

接下来，诗人写到瞭望塔，如果去机场瞭望塔参观过就知道，瞭望塔里是多么复杂，领航员要梳理无数的航线，好避免飞机的事故。诗人说他梳理头发，就像梳理纷乱的航线一样，那就是把自己的前额比喻成天空，甚至把自己变得跟天空一样巨大。

所以他在瞭望塔看的，不只是飞机的航线，他看的是整个人类纷乱的足迹，在他眼里有条不紊地清清楚楚地变成一条条航线。

但是这样一步一步地走，明明是理性的，却陷入一个悲哀的大迷宫，他是找不到下落的。这就是他对过去的一个世纪或者说过去无数个世纪人类命运的一种感慨，直到他点出人类是裹足不前的。

这是把两个隐喻交织在一起的结果，一个是前面说的旗帜，在风中不断地伸出去又裹回来；另一个隐喻就是人类纷乱的足迹。人类的足迹和旗帜一样，都是走了多少步，又回来多少步。

那怎么办呢？在瞭望塔的高处有我，方尖碑的那里，仍有我。诗人把瞭望塔和方尖碑摆在一起。方尖碑既是成功也是失败，它是死亡也是凯旋的象征。诗人给出的答案是，既然活着，就要尽可能地去飘展，如果收起，也尽可能地收起。

诗的最后一句出现了四个并列的词，"日记""羞辱""病历""荣誉"。这里充满一种悖反的力量，你说我记下来的是日记，其实里面充满羞辱，就像《狂人日记》一样。你说这是病历，我却觉得是我的荣誉，这也是另一种狂人。

这个诗人就像是《宋书》里写的"狂泉之国"的独行者。"昔有一国，国中一水，号曰'狂泉'，国人饮此水，无不狂"，喝了泉水的人都疯了，但是他们不知道一个人没有喝，所有的疯子都认为没有喝水的人是疯的。诗人的"众人皆醉我独醒"，就是如此的悲哀，或者说如此的骄傲。

诗和人之间的关系是非常密切的，像阿垅、孟浪这两位诗人，他们本身跟诗之间的密切关系很难回避。但他们的不合时宜又不一样。阿垅，他天性里有不合时宜的成分，但他自己并不这么觉得。他一直努力地想让自己合时宜，但他作为一个大诗人的特质，他自己都否定不了。而孟浪，他是在积极地自我选择，从他刚刚开始写诗，就要做一个不合时宜的人，包括他自己的人生道路，也是这样。

我稍微出格地讲了一首这么挑衅的诗，因为我们这个时代虽然有很多轻松的、解构的力量，但是有这么一种力量，它在极端的消解、极端的反抗之中挺身而起，这也是不可或缺的声音。

19 城市的诗意

> 不是单纯地哀悼田园牧歌的消逝,
> 而是发现新的诗意,
> 去看看城市给我们的心灵
> 带来些什么改变。

另一个香港

如今人们到城市,已经绝不会有刘姥姥当初进大观园的冲击,南部的城市与北部的城市似乎也没有差别,城市总是那样,既没觉得有什么诗意,也没觉得有什么不诗意的地方。

在汉语新诗传统里,城市诗,甚至城市文学都是比较薄弱的。我们所熟识的一些著作,大多数都是基于农村的叙事,比如莫言的《红高粱》,或者是基于农村人进到城里的叙事,因为中国是个农业大国。只有二十世纪三十至四十年代的上海,以及后来的香港、台北,才有真正可以称得上基于城市而建立起来的城市文学。

这一讲要讲的是香港诗人梁秉钧,笔名也斯,"也"和"斯"都是古汉语的助词,他说没有什么意义,我觉得是很有意义的。它的发音像英语的 yes。梁秉钧的诗充满肯定，就算是他的怀疑，都有对生命，对城市，对那些在以前的诗意里被否定的东西的肯定。

他的成名作，也是香港诗歌史上一部里程碑式的作品，叫《雷声与蝉鸣》，这本诗集是 1978 年横空出世的。它跟当时的香港诗最不同的，第一，是口语化；第二，它彻底地去书写日常的事物，并且一点都不避讳日常生活的琐碎，它在那琐碎的表面上自由地游走，这是当时港台诗歌所缺乏的。它是彻头彻尾的现代城市的诗歌，跟同时代美国的"后垮掉派""纽约派"那种后现代文学的诗歌更加接近；而且他回避个人的强烈的感情，他的诗平淡、节制，但是慢慢咀嚼，能读出更多的深意。

这本诗集里最有代表性的，当然是一辑叫"香港"的诗，现在简直已成为香港文学的教学范本。它表面上是时下流行的地标书写，其实是反对在诗歌中对历史及文化从旅游的意义上竖立地标。也斯回到平凡的"地"本身，他写的地方不会成为旅游业热门景点，也不会成为考古寻访的目标。

所以也斯触及了香港最本质的魅力，这个城市也是接地气的，而不是像香港旅游局宣传的，是一个游乐场，一个大商场。香港真正有意思、有意义的地方，在于那些最平凡的事物。

他有一首稍长的诗《中午在鲗鱼涌》，这首诗就是我说的"yes"的诗,它歌颂、肯定当下事物,虽然其中充满挣扎和诗人对自己的心路省视。

中午在鲗鱼涌

梁秉钧

有时工作使我疲倦
中午便到外面的路上走走
我看见生果档上鲜红色的樱桃
嗅到烟草公司的烟草味
门前工人们穿着蓝色上衣
一群人围在食档旁
一个孩子用咸水草绑着一只蟹
带它上街
我看见人们在赶路
在殡仪馆对面
花档的人在剪花

在篮球场
有人跃起投一个球
一辆汽车响着喇叭驶过去
有时我走到码头看海
学习坚硬如一个铁锚

有时那里有船

有时那是风暴

海上只剩下白头的浪

人们在卸货

推一辆重车沿着轨道走

把木箱和纸盒

缓缓推到目的地

有时我在拱门停下来

以为听见有人唤我

有时抬头看一幢灰黄的建筑物

有时那是天空

有时工作使我疲倦

有时那只是情绪

有时走过路上

细看一个磨剪刀的老人

有时只是双脚摆动

像一把生锈的剪刀

下雨的日子淋一段路

有时希望遇见一把伞

有时只是

继续淋下去

烟囱冒烟

婴儿啼哭

路边的纸屑随雨水冲下沟渠

总有修了太久的路

荒置的地盘

有时生锈的铁枝间有昆虫爬行

有时水潭里有云

走过杂货店买一枝画图笔

颜料铺里永远有一千罐不同的颜色

密封或者等待打开

有时我走到山边看石

学习像石一般坚硬

生活是连绵的敲凿

太多阻挡

太多粉碎

而我总是一块不称职的石

有时想软化

有时奢想飞翔

这首诗很具有城市诗的特征,它的所有意象都是城市的，节奏、步伐、前进的方式，都像我们在城市里漫游，或者上下班时的脚步。但其实它更像一个放空的人。我们读这首诗，就像跟着诗人在他午休的时候做了一场非功利的漫步，没有目的，没有方向。

这首诗发生在香港一个普通的地方鲗鱼涌，那是一个老工业区，现在有一些印刷厂和报社，甚至有些新媒体的办公室还集中在那儿。但它还有一个特别的背景，那里有一个殡仪馆。

这首诗像一幅小小的《清明上河图》，一点点地展开，在展开的过程中不断出现正面、反面，生的、死的，自由的、束缚的，各种对比，但是它们之间并不是剑拔弩张的。诗人好像看到什么就把它写下来，但他又不只是像摄像机随机摄录，他还是有节制地营造一种张力。他所看到的，表面杂乱无章，实质上有暗线起伏，带出那个时代香港各种阶层、各种事物的状态之余，还带出了一个人心里的起伏。

首先我们会看到一些生活化的场景，水果档（香港叫生果档）的樱桃，烟草公司的烟草味，但在普通生活里又隐藏着另外的意味，一群工人围在食档旁。人为了找一顿饭、图一顿温饱而工作，用广东话说是"揾食"，就像诗在下一句马上要说的被咸水草绑着的螃蟹一样，你以为你是自由的，实际上被绑着，被束缚着。

而对面就是死亡的象征——殡仪馆。但殡仪馆又不是完全象征死亡的，旁边有卖花的花档。花档里的人在修剪花，这样一个意象里有好几重转折，死亡需要生命，而生命中又带有修剪。

接下来，诗人看到很多东西，比如说篮球场里的球，它是自由的吗？那辆响着喇叭开过去的汽车，它是有目的的吗？他在码头看海，但他看的不是海，是在海里寻找能够让他坚定的东西，比如铁锚。

海带来船，但同时也带来风暴。在这首诗里，事物永远都有两面。面对大海的时候，他想成为铁锚，但大海给予他的是浪，到底他要沉下去，还是要漂走？

接下来，他看到人们在卸货，这会不会是他心里很想放下的东西呢？但是他又有患得患失的意念，他听到别人在叫唤，他以为有人在叫他。说到底，他就像一个普通的白领，总是不安心或者说不甘心，在这种城市化的工作中消磨自己。

"磨"的念头一生出来，诗人马上就留意到街上有一个磨剪刀的老人。我到底是这样一个不断重复地磨剪刀的老人，还是我就是那把剪刀本身？这个意象非常鲜明，剪刀不断开开合合，就像一个人不断迈步走动一样，但是，也斯还是不甘心，他说我就算做一把剪刀，我也要做一把生锈的剪刀。

生锈的剪刀，意味着他不愿意去配合这个社会给他安排的角色，所以诗人说，下雨，他宁愿不打伞，有时候他希望遇到伞，更多的时候他愿意淋雨，淋了雨，他就可以生锈。自由让它生锈，这是一体两面的。

在希望对社会有所贡献的人来说，生锈了就没用了，像一把生锈的剪刀。但是对于剪刀来说，因为没用，却获得了自在。就像庄子说的，好的树木，会被砍去做良材，不好的树木，它就自然生长在山谷里面，谁也不会理它。所以也斯既有矛盾，又有顿悟。

诗歌的后半段继续展开生死的意象，有婴儿啼哭，有路边纸屑，它也许是一角报纸，也许是一片广告，这些功利性的东西，就让它们被雨水冲走。因为更重要的是婴儿的诞生，是昆虫的爬行。对于阻碍人类走路的水潭，大家觉得讨厌，但对于一个闲逛的诗人来说，这个水潭，恰恰让他可以停下来去观察里边的云朵。

他看到一罐罐的颜料，想象里边有一千种颜色，如果它们都倒出来，那不就像彩虹一样吗？对于一个诗人来说，万事万物里都蕴藏着诗意，水潭里有蓝天白云，铁罐里有彩虹。

所以到最后，诗人觉得可以两者兼得，可以像石头一样坚硬，去对抗生活的敲凿，这个敲凿也许会令他粉碎，但也有可能把他敲凿为雕塑，甚至成为他所说的不称职的石头，会飞的石头。这是诗人心里的幻想，石头是沉重的，但石头也完全可以不沉重，假如它在太空中。

这首诗最后像变魔术一样，把我们从一个平凡的、在地的，甚至是拖曳着我们的脚步的世俗纠缠之中，扔了出去。这首城市诗最漂亮的部分，在于它是一种颂诗，它是一种肯定。它不是单纯地哀悼田园牧歌的消逝，讨厌这个城市的非诗意，而是发现新的诗意，去看看城市给我们的心灵带来些什么改变。在这个过程中，诗人和城市是不卑不亢的，它呈现的是诗人和世界之间的平等，既不是斗争，也不是屈服。

也斯的诗和香港这个城市的命运是相濡以沫、嘘寒问暖、互相成就的，读也斯的诗，就像看香港本身在说话。

一切闪耀的都不会熄灭

这几年我写过一些和香港有关的诗，我愿意把这些诗称为"香港家书"，在这些诗里，或许大家可以感受到这颗东方之珠到底经历了什么样的转变。

大角咀，寻春田花花幼稚园不遇
廖伟棠

别来无恙吗
这是另一个香港。

走在唐楼间漏下的阳光中
看纸扎店里唱红梅记。
那些透明的身体里有心
那些烧鹅有灵魂
窗有扑翼声。
新生活耦合着旧生活
老孩子带领小孩子
骑楼倦眠如一骑雨人
在半途遇劫烂漫。
那些花哪儿去了?
他拿着一块砖头
敲击彩虹。
还认得我吗?
我是你幻听的校长。
在猫眼里在狗爪里
在潜过茫茫沧海的
一条白饭鱼的怀里。
步步花花,亩亩春田,
一江好梦全无恙。
它不是另一个,
而就是这一个香港了。

春田花花幼稚园,是香港最受大家喜爱的一个动画人物麦兜就读的幼稚园。它位于香港九龙大角咀的一个角落,只有一个校长和一个老师。校长身兼多职,又卖小吃,又做饭,又开校车。老师也什么都教,甚至教小朋友香港职场的生存法则。

我是一个麦兜迷,在一本旧的麦兜漫画里发现春田花花幼稚园的地址以后,决定去寻找这个幼稚园,当然我知道这是虚构的。但我真的去地址所在的地方走了一圈,虽然没有找到这个幼稚园,却找到了香港。

在春田花花幼稚园里读书的都是普通得不得了的香港小朋友。他们虽然没有受到贵族的教育,没有得到多么高端的指导,却从校长和老师身上学会了最基本的善良。我想正是香港人的善良,构成我所说的一江好梦。

这首诗要写的,并不是香港的变化,反而是想写香港有什么是不变的。

麦兜故事里的香港,与其说是香港,还不如说是九龙;与其说麦兜故事有一种香港精神,还不如说有一种九龙精神。九龙的香港更接地气,更为守望相助。和大家公认的唯利是图、力争上游的中环价值不同,麦兜系列电影永远凝聚着一种"春田花花幼稚园价值":朴素、务实、随遇而安,还有点"憨"。这一个香港跟港片里呈现的香港很不一样。

春田花花幼稚园的"旧址"据说就在埃华街上,但我走遍大角咀和埃华街,都没有发现传说中坐落在"德和烧味"楼上的春田花花，只有一家接一家的微型房地产公司，就像麦兜的妈妈麦太工作的地方。我发现那里的年轻人甚至中年人，都很有麦兜和他同学的气质，乐天安命、不紧不慢，渐渐自如地融入四周旧楼的"保护色"里。

春田花花同学少年多不贵，麦兜住在旧区大角咀的旧楼，他的家庭在九龙不算罕见：单亲妈妈靠炒股做地产经纪等不稳定的工作拉扯大孩子，孩子长大后也一样浮沉于底层。麦兜和他的同学长大后的职业大概就是酒楼带位员、商场停车员、报纸送货员……都是香港最草根阶层的工作，在中环人的眼里，他们基本都是不能向上流动的阶层，是所谓下流社会。但是在他们的大角咀妈妈眼里，他们始终是世界上最可爱的一群人。

所以说这是另一个香港，纸扎店、《红梅记》，烧鹅、灵魂，旧唐楼的窗像翅膀在风中有扑翼声。我始终找不到春田花花幼稚园，它可能在过路的猫眼里、狗爪里，在潜过茫茫沧海的一条白饭鱼的怀里。步步花花，亩亩春田，这些似乎没有繁华香港印记的事物。它不是另一个，而就是这一个好好的老香港。

下一首诗叫《香港夜曲》，那是我在2014年的夏天所写。

香港夜曲

廖伟棠

晚安，香港，小香港
随便那机场是新是旧
随便它人来人往
夜色如饕餮兽，会否
在你唇边呼吸前止步
晚安，香港，小香港
睡吧，香港，小香港
万户灯火不过蚤满裘
撒在轮回路上
我们自己就是星光酒
青马如露水带走了桥
睡吧，香港，小香港
梦吗？香港，小香港
把梦打包送进一二三
四五六七八号
货柜码头。工人罢工
大海拒绝这场伶仃梦
梦吗？香港，小香港
漂走，香港，小香港
在维多利亚港的腰际

遭逢那如盲人
摸象般夜行的老渡轮
告别哀悼乳房的皇后
漂走，香港，小香港
再会，香港，小香港
在半山他们早已掘好
你镶钻缀金的
小坟墓。你从此安眠
还是要醒来一起上路？
晚安，香港，小香港

这首诗是写一个从香港机场降落的人，一路坐着车，路过货柜码头，去到维多利亚港，再去到香港岛，在这个过程中他跟香港所说的话。

香港这个弹丸之地常常被不理解它的人或者说在大城市里观望的人称为"小香港"。这里我也直接称呼它为小香港，但我是带着一种爱怜和珍惜的口吻在说，就像呼唤自己的小孩一样。

香港因为小，它要求高度的自律，把事情做得精致、准确，才能在这么小的一个地方维持繁荣。把一些庞大的逻辑强加在它身上，是行不通的。

一个城市总有盛衰，但我觉得盛衰也好，变迁也好，总有一些东西是不会熄灭的。这些不会熄灭的，才是这个城市最宝贵的东西。

20 挑衅的诗意

> 这些关注现实、挑衅现实的诗,是满载了生命力的怪兽。有挑衅才会有破局。

复仇的太阳

挑衅这两个字,看起来好像跟诗格格不入,我们要用诗去挑衅什么呢?我们能怎样去挑衅?诗,很多时候是一种怜悯,或是给我们在这个世界上提供的另一个出口。但如果诗要硬碰硬,要和现实发生直接冲突,它存在的意义到底是什么呢?是不是有别的东西可以替代诗去挑衅现实呢?比如批评、专栏,或者更剑拔弩张的艺术。

但是诗也可以挑衅。这种挑衅并不是一种非要跟你对着干的精神,而是对时代超敏感的人,才可能挑衅这个时代。他挑衅是为了更深刻地去解剖所身处的这个令他觉得那么不对劲的时代。

跟挑衅关系很大的一种情感,就是愤怒。古人说,诗言志,发愤以抒情。这个愤是愤怒的愤。因为路见不平,或者受不了这个世界的某些荒唐虚假,我们开始感到愤懑,如果这种愤懑无法排遣,那就很危险,所以我们用抒情的方式去发泄,但不一定是浪漫的、柔情似水的抒情。

其实整个中国新诗史上,直面现实、挑战现实的诗人不多,属于少数派,其中有一位非常优秀的就是穆旦,跟其他现实主义的诗人相比,他有更多的现代主义的时代精神。

我们来看一看他的《祭》。

祭(又名"有钱出钱,有力出力")
穆旦

阿大在上海某家工厂里劳作了十年,
贫穷,枯槁。只因为还余下一点力量,
一九三八年他战死于台儿庄沙场。
在他瞑目的时候天空中涌起了彩霞,
染去他的血,等待一早复仇的太阳。

昨天我碰见了年轻的厂主,我的朋友,
而感叹着报上的伤亡。我们跳了一点钟
狐步,又喝些酒。忽然他觉得自己身上
长了刚毛,脚下濡着血,门外起了大风。

他惊问我这是什么，我不知道这是什么。

这首诗是关于抗战的，而且是1938年抗战最火热的时候。中国的后方出现两种极端，有的人去当兵了，为国捐躯，有的人躲在后面，享受着不容易享受到的生活。穆旦写了这首诗去讽刺后者，但他又不完全止于讽刺，他不是单纯地去批判这种现象，他塑造了两个典型的人去进行对比。

第一个是典型的穷人，一个中国底层的人民。他原来在一个工厂工作，被剥削得很惨，到了打仗的时候，他就只能去当兵，然后战死沙场，而他死亡的价值就是令中国没有那么快地灭亡，虽然这个价值是用他余下的那一点力量去换取的。

之前在上海，他绝大部分的力量被自己的国人剥削去了，剩下的力量却换成一种巨大的价值，来阻挡这个国家不被另一个国家吞噬掉，所以当他死的时候，天空涌起了彩霞，人没有感受，但是天地为之动容。他的血把彩霞染得更红，而染得更红的彩霞会孕育出明早复仇的太阳。

这首诗到此为止是壮烈的。一个完全不起眼的角色，虽然他叫阿大，但他是渺小的，就是这样一个角色，他的死亡是能够唤起太阳出来复仇的。但在诗的下半截急转直下，"我"出现了，"我"的朋友也出现了，"我"的朋友是做什么的呢？

他恰好是阿大以前的老板,他声称也关心祖国,关心抗战,但他感叹的是报上的伤亡。什么是报上的伤亡?就像我们现在看众多灾难讯息一样,在数据化的统计里,这些伤亡只有数字,没有名字,更加看不到每一个活生生的生命背后的意味。

这个年轻的工厂主,他也许压根不知道现实中有这么一个人——阿大,以前是给他打工的,现在又为了保护他,保卫他的国家而死去。他的工人里也许还有很多像阿大这样的人,是真真实实死亡了的,他并不在意,他在意的只是报纸上煽情地也好,麻木地、冷酷地也好,抛出的一堆数据而已。

感叹完以后,他就和他的朋友,也就是诗里的"我"一起跳舞、喝酒。注意,这里边的"我",应该不是诗人穆旦本身,而是他塑造出来的另一个形象,可能是一个小知识分子,也可能是一个其他的有闲阶级。

通过诉诸这一形象,并且用"我"来命名,这首诗便有了一种自我批判的意识。我们要批判某一个现象,如果把自己剔除在外,批判往往没有那么大的说服力,所以这个"我"也可以说带有穆旦对他自己所处的阶层,他的诗人群体的一种反思。

当他们跳跳舞、喝喝酒的时候,诗的幻觉产生,很可怕的事情发生了。接下来像《聊斋志异》里的情节,一个不关心民间疾苦的人,他的心是贪婪、残酷、自私的,相由心生，于是他就慢慢变成一头狼。他身上长出狼的毛，他脚上沾着的是其他牺牲者的血，比如阿大的血，虽然这个牺牲者不是他所杀，却是为了他的安全和幸福而牺牲的。

这时候门外戏剧性地刮起大风，就好像有一个莎士比亚戏剧里的鬼魂过来敲门，向他索求公平。这个工厂主很害怕，但诗人也表示无能为力，最后能做的只是讽刺了一句：有钱出钱，有力出力。

这个讽刺，因为不动声色，所以变得非常有力。因为它显示出来有钱出钱和有力出力的人，两者之间是壁垒分明的。虽然整个中国在面对着同一个敌人，但中国内部又分裂成鸿沟的两半。当然在那个时代，有些有钱人永远只会出钱，他不会出力，也不会付出生命。

穆旦这首诗，如果要把它写成一篇小说的话，那就要补充很多背景，城里的、乡下的，战场上的、和平后方的，在诗里很多细节都被省略了。阿大是怎么说话的？阿大家里是怎么样的呢？年轻的工厂主做派如何？他跳舞的时候是怎样流露出他并不关心真正的伤亡的呢？

这些如果都补充出来，会是一个果戈里式的荒诞短篇小说，但如果是一首诗呢？一首诗只需要把它最戏剧性的片段截取出来，那就是两个人跳着舞，突然鬼魂来了，这个人暴露了真面目，变成一头狼。社会上很多人就是像狼一样的，当然我们都习惯这个比喻，但诗人却直接用一个特技效果,把这个人变成狼,从对战争的控诉,转换成对人的控诉、对人性的控诉。

诗人挑衅的就是这首诗的最后一句,"有钱出钱,有力出力"的自欺欺人。它是道貌岸然的社会维持运作的谎言,但诗的语言容不下这样的谎言,所以穆旦写下这首挑衅的诗。

像怪兽一样的诗

我喜欢摄影,在这方面我有一个偶像,他叫森山大道,是日本当代最著名的摄影师之一,在二十世纪六十年代创办了一个相当有影响力的团体,就叫"挑衅"。

他们拍摄的照片颗粒粗,对比大,构图有一种让人不安的危险气息。日本摄影评论家大竹昭子曾说,"挑衅"团队的人,只要一息尚存,就会燃烧所有的体力和时间,不断向瞬息万变的视觉现实抛出质疑。

质疑是挑衅的关键。正因为对现实中的虚伪或者自欺欺人有强烈的质疑,我们才会用挑衅的方式去提出我们的质疑。

当然这会有另外一种危险,用诗反映现实和时代的时候,一不小心可能就成了报告文学、新闻、专栏,甚至写成流行的段子。这个危险不言而喻,因为诗歌贵在克制和隐晦，贵在用不同的方式去说话，如果我们都用现实主义赤裸裸的方式去说话，那这首诗能带给我们的反思和启迪是大打折扣的。

前面我讲了诗人穆旦，他写诗的黄金时期是二十世纪四十年代，是中国最战乱的时代。他先是成为西南联大的学生，跟着学校迁移到大后方；后来因为学的是英语，又主动加入中国远征军，成为翻译，并且在远征军的大撤退中走过了其中最恐怖的一段，穿越缅甸的"死人谷"。那次撤退边打边走，死亡无数。可以说穆旦是从死亡关头中走出来的诗人。身历这么沉重的时代，或许也是时代在呼唤一个诗人去履行责任，他悲天悯人，期望用文字参与这个时代的重建。

但遭遇诸多碰撞以后，当穆旦发现这个时代的丑陋，去批判这个时代的时候，批判的力量比他重建的力量更加强大。他将现代主义和他的遭遇结合在一起，在中国诗歌的抒情里，引入西方诗歌的叙事性和戏剧性。

台湾诗人鸿鸿，最早也是写一种现代主义的、实验性的诗，而且很多关乎表演艺术，因为他是戏剧导演，也是电影导演，是剧作家，也是电影评论家。但在这个世纪，他的风格大变，写了很多像怪兽一样的诗。他最新的诗集叫《乐天岛》，其中有一首诗很特别，只有四句，是以古代一种叫"集句"的方式所写的。集句就是把别人的句子集在一起，变成一首诗。这首诗叫《青海湖诗歌节朗诵诗晚会直播集句》。

青海湖诗歌节朗诵诗晚会直播集句
鸿鸿

是诗人制造了神
它想要从愤怒中哭喊着冲出来
尽管你早已不再是你
感谢南朔山天然富锶矿泉水的大力支持

现在在世界各地,尤其是在中国大陆地区,诗歌节蔚然成风。青海湖诗歌节就号称世界上最大的诗歌节,一百多号诗人集中在青海湖边,乌泱乌泱地读诗、喝酒、玩耍,鸿鸿莫名其妙地也被邀请去了。别的诗人都歌颂青海湖的美,以鸿鸿的技巧,他当然也可以写一首诗,但他决定采取他人的角度,来反观他参与的这个诗歌节,于是索性集了一首诗。

最后一句,感谢某某矿泉水大力支持,我们经常在电视广告里听到这样的话,在青海湖诗歌节,也听到这么一句话。这是一句非诗的声音,它是句广告语,但是当它成为一首诗的最后一句时,它已经成为诗的声音。

它解释了第三句,"你早已不再是你",商业的力量已经让事情变了味,它造就的这个诗人不再是原来那个诗人。而且很有趣,明明是青海湖诗歌节,站在青海湖旁边,感谢的却是一瓶矿泉水。湖和瓶装水的对比非常讽刺,到底哪个更属于诗歌?到底哪个能够拥有诗歌?

再回溯到第一句,这个诗人制造的神是什么?是诗人被造成神,还是诗人参与这个社会的造神运动?这个神,是神圣的青海湖,诗神缪斯,还是金钱本身?它在愤怒,它在哭喊,它根本冲不出来,因为它已经被这瓶矿泉水大力支持。

整首诗其实都是反高潮,在挑衅着谎言。它好像在说我不是诗,但这个世界上有比诗更重要的事情,那就是诗中所关注的现实。正是因为对加了引号的诗意的放弃,甚至不只放弃,还刻意去挑衅它,所以鸿鸿的诗构成一种全新的诗,一种反诗。

这几年,在香港、台湾的汉语诗歌,都能看出发愤以抒情这样一种诗歌根源的动力。而且更有意义的是,那些本来风格不同的诗人,也采取不同的方式去发愤,去使用他们的语言策略,所以他们的诗,有的疯狂,有的愤怒,有的嬉笑怒骂,有的很酷,有的赤裸裸,有的却深深被包裹在隐喻底下。

反而在中国内地,很多诗人选择回避,或者说警惕,对这种发愤以抒情的传统的"警惕"。他们很警惕不要去直接抒情,不直接去抒志。他们很警惕,不想沦为各种意识形态的工具,但是这种过分的警惕,令他们产生了一种语言的洁癖。所以前几年有一个奇怪的案例，诗人肖开愚写了一首诗，是关注现实政治的，但他却把这首诗命名为《不是诗》。

也许是为了避嫌，他主动地否定了自己的诗，但也许又是为了挑衅，他只承认它不是传统意义上的诗。他已经以诗的形式写出来，明明就是一首诗，却说不是诗，似乎是一种挑衅，否定原来对诗的成见和定义。

好吧，那不是诗，那是什么呢？我觉得索性叫"怪兽"得了，这些关注现实、挑衅现实的诗，是满载了生命力的怪兽。我希望我们读诗的时候也多少带着一种挑衅的心理。这种挑衅可以是一种美学的挑衅，可以是一种伦理学的挑衅，也可以是社会学的挑衅，甚至是思想观念上的挑衅。有挑衅才会有破局。

21 任性的诗意

> 任性和真情永远不能分开,否则就变成胡闹了。

如梦幻泡影,如露亦如电

许多现代诗都是任性的,我们所熟识的顾城就有一首诗,《我是一个任性的孩子》,这是把一种平日的任性跟诗歌里的任性混在一起了。还有一位诗人,台湾的管管,他也是很任性的,被视为老顽童。他的年纪比顾城大得多,但和管管相比,顾城的任性的诗,却显得有点浪漫主义,或者说显得不那么现代,管管的诗反而显得非常年轻。

管管已经九十多岁了(按:管管逝于本书面世前,2021年5月1日),有时候我还会在台湾的捷运站里碰到他,他是一个硬朗的山东大汉。他写诗大胆泼辣,在日常生活中,他也是如此大胆泼辣的。朗诵的时候,他会读着读着诗,唱起京剧来,或者说起山东话来。二十世纪八十年代，他演过《唐朝绮丽男》这样的实验情色片。

我先分享一首《荷》，这首诗也是他的代表作之一。

荷
管管

"那里曾经是一湖一湖的泥土"
"你是指这一地一地的荷花"
"现在又是一间一间的沼泽了"
"你是指这一地一地的楼房"
"是一池一池的楼房吗"
"非也，却是一屋一屋的荷花了"

这首诗读起来有禅味。荷花与佛教的关系本来就很密切，诗里还用了像禅宗公案里充满玄妙禅意的问非所答。在禅宗公案里，问非所答往往是极有深意的，为给对答者当头棒喝，使其顿悟。

但是我的读解不一样，我第一次读这首诗的时候，正在烦恼买房子的问题。哪有钱买房子啊！在香港，这是大多数人都会苦恼的问题。在台湾，还有内地的很多大城市，人们应该也会有这种感触吧。

不论管管是怎么想出这首奇妙的诗的，我听出来的是，他在批判房地产开发。本来是有荷花的地方，全都变成楼房了。而且就像西西的《可不可以说》一样，他把汉语里特有的量词和名词自由配搭，造出一种令人混乱，甚至有点惊悚的感觉。

想象这是一部电影，上一个镜头，明明是一地一地的泥土，一湖一湖的荷花，突然一个镜头转换，就变成楼房和沼泽了。而且平时的说法，是一栋一栋的楼房，一池一池的沼泽，这里却可以互用，变成一地一地的楼房，一间一间的沼泽。这不但是一种天翻地覆、物是人非的感觉，它还使得量词和名词不能正常配搭了。同时它也在说，我们已经辨认不出生活的地方原本的模样。

一间一间的房子，跟沼泽混融在一起，好像我们就要沉没其中一样。事实上，我们就是在我们买下来并且每个月都要还贷款的房子里面沉没，不能自拔。那"一池一池的楼房"，好像飘在池水上的海市蜃楼，是一个幻境，到底我们花大半生的工作，搭上父母养老的钱，换取的那个昂贵空间，会不会就像一池荷花一样，早上开了，晚上就凋谢了？会不会就像佛教里说的，"如梦幻泡影，如露亦如电"，有一种虚无？

非也非也。管管任性，但也非常有童心，他最后还是给了一点希望。他说虽然荷花变成泥土，泥土变成沼泽，最后又变成楼房，但是在楼房里，还是住了一屋一屋的荷花呀。

我们虽然已经住在不可救药的楼房里了，但只要我们还有心，还记得世界原初的样子，我们就是荷花。说得俗一点，我们就是能够保持出淤泥而不染的那种纯真的荷花。如果我们真的还能保持，这个地球还会是美好的，我想这就是管管的希望。

台湾有一位诗评家黄粱，他给管管下过一句很棒的断语，他说管管是经常在戏谑和冷嘲中发咒语。咒语应该是狠毒的、激烈的，但是管管的咒语却天真，甚至曼妙，在这天真曼妙之中，他又带着一些刺。

像他那一代老兵，外省人，漂泊大半生，这个世界对于他是有很多不公和戏弄的。他在戏谑、冷嘲世界之前，已经被这个世界戏谑和冷嘲过了。所以他用他的诗，去和世界抗争。但是他的诗并不是剑拔弩张的对抗，他在反抗之余，用一种自己的独特方式去建设。

这种建设方法令我想起西班牙的建筑大师高迪。他设计的圣家族大教堂，一百多年了，现在还在施工，这是一个他去世以后还继续生长的建筑。我在巴塞罗那看到他设计的好几个著名住宅，都天马行空，而且充满许多细枝末节的旁逸斜出，非常任性。管管的诗就有点像高迪的建筑。他的诗是挺狂的，他愿意怎么样调配这些量词，愿意怎样变化，他就怎么来。反观年轻的诗人，有几个是狂的呢？

如果回溯到更早的二十世纪五六十年代，甚至三十年代的香港诗歌，那时候的香港诗，有更多愤怒的诗篇，但是慢慢地，温和平静的诗风开始成为诗坛主流，香港诗人习惯在一个被人忽略的位置里，默默地写着只为自己的心灵负责的诗歌。像西西、也斯、饮江的诗，都是这种低调甚至接近于幽默的诗。他们用诗歌的快乐来安慰自己。

苏丝黄和圣母马利亚

跟内地、台湾的诗歌相比，香港的现代诗可以说是最温柔敦厚的。

也许跟香港这个城市的性格有关，好多事情见怪不怪，保留了一些从传统中国留下来的气质，又有一些传统英国的绅士风度。所以香港诗歌的题材虽然大多涉及普罗大众的生活、日常的困境，但充其量只能从中听到怨，更多的是古代诗学的标准，怨而不怒，更谈不上狂了。

在香港，精致的小品很多，震耳欲聋的力作少，不过这情况到了最近十年有了很大的改变。在原来那么克制的诗歌环境中，二十世纪八十年代中后期，蔡炎培横空出世地降临香港诗坛，就像前几年余秀华突然出现在内地诗坛一样，令人震撼。

这个人非常不香港，他率性，狂傲，很为自己的诗人身份自豪，他写作显山露水、恃才傲物、纵横捭阖。但另一方面他又非常的香港，他一直坚持把最地道的俚语写入诗，他书写那些他称之为鬼五马六式的市井江湖人物，就像一个酒鬼、一个赌徒那样在诗里嬉笑怒骂。

黄灿然说他说得准确，"其个人气质一直非常鲜明，非常蔡炎培……是个天真（天生而真实）的诗人，且诗如其人：不讲逻辑，但真情流露"。

我们来看看他这种不讲逻辑，甚至有点蛮横的诗，如何用真情打动我们。

母亲节
蔡炎培

她从乍得道转出海皮
不理会肚子里的耶稣
去年暴动她搭上一个水兵
以后的事情便不清楚
有说那条船已经回来
但有说打针纸仍未盖印
不知道要来的耶稣是啥个样子
哈利路亚 LSD
那边喊狂牛来了这边叫开枪
可是她一直沿着海皮走
并且唱歌
歌词只有她自己才懂

蔡炎培喜欢用俚俗的粤语口语写诗，他的朗诵风格和写诗风格也很像，朗诵的时候还会偶尔插一两句普通话或者湖南话或者四川话，他就是这样，肆无忌惮，百无禁忌，信手拈来。

这首诗题为《母亲节》，写的是一个香港特有的妓女，她可能是苏丝黄这样"勾搭"外国人的高级妓女，被生活所迫。她也可能是陈果电影里那种最底层的妓女。

"去年暴动"是指1967年的香港"六七暴动"，"六七暴动"的时候，她跟一个水兵搭上了。香港作为一个自由港，每年都有不少外国舰队在香港暂时停泊，水兵上岸寻欢作乐。现在的香港兰桂坊还可以见到这种景象。

两者都没有错。但是蔡炎培把这首诗提到悲悯的高度，他把这样一个妓女，用一种任性的隐喻方法，跟基督教传统里最伟大的母亲圣母马利亚联结在一起。他说她的肚子里也有一个耶稣，而且她压根不理会他，她也不知道这个耶稣长什么样子。这听起来有点渎神的感觉，如果你是教徒的话，请你见谅，实际上这并不是渎神。

为什么贫寒的童贞女马利亚会怀上耶稣？这里有一个深意，在神的眼中，所有贫贱的、没有话语能力的阶层的人，就像这首诗里的这位性工作者一样，也拥有神的眷爱，而且可能孕育救世主。

当然如果我们不相信神，这首诗的创造者蔡炎培就是神，他说要有光就有了光，他说这个母亲是圣母马利亚，这个怀孕的妓女就成了圣母马利亚。但是他并没有说未来会怎么样，到底她和她的孩子，还有我们的世界能不能得到救赎——在那一片混乱里，又是暴动，又是毒品，又是宗教的狂热，而在一切之上，这一个女子沿着海皮走（也就是粤语里的"海边"），而且一边走一边唱歌，看起来像是一个疯掉了的妇人。但是在宗教意义上，比如说观世音菩萨就和海有关，海像是慈航的承载物，诗人是想说，她还是有可能救度她自己和我们的。

最后一句，她"唱歌 / 歌词只有她自己才懂"，这里是蔡炎培真真正正的对女性的尊重，对女性的热爱。

写诗、读诗的人，经常会有一种奇怪的心态，去期待某一种救赎的存在，比如我们会幻想度母，幻想一个女性拯救了世界，就像歌德在《浮士德》里说，"永恒的女性，引领我们上升"。表面听起来这非常尊重女性，但从女性主义的角度来看，这其实是把男性的价值观强加在女性身上，女性没有必要去救你们，女性也没有责任去肩负这一切重任。而蔡炎培笔下的这位妓女，她只为她自己歌唱，她只向自己保证，只为自己诉说。我想这是对女性的最平实和公平的态度。

一首这么任性的诗，到最后其实它是真情。任性和真情永远不能分开，否则就变成胡闹了。

22 童心与梦的诗意

> 我们学习做梦,
> 尊重做梦的人,
> 是和诗亲近的第一步。

初心总是被背叛的那一个

这回我来讲诗的童心与梦。

童心和梦好像是很古老、很遥远的,在文学的发展中,不断被提起,又不断被扬弃。所有的文体最后迈向成熟的阶段,好像都要背离它的初心——童心与梦。

难得的是,在当代诗歌里,有的诗人能够一辈子保持这种迷恋,并不认为这只是人类刚刚开始写作时候的一种幼稚。而且在梦和现实相遇以后,他们使得梦的内涵变得更深,同时又让现实在梦幻的折射之中,流露出真相。

其中我最喜欢的,当然是西班牙诗人洛尔迦。1898年,他出生在西班牙安达卢西亚地区的"喷泉乡",那是格拉纳达旁边的一个小镇。我去过他的故居,那里真是如梦似幻,蓝白色的屋子笼罩在无边的阳光里,周围点缀着橄榄树，有马匹游荡着，人们像沉浸在狂欢节之中。

就是这样的一种氛围，再加上安达卢西亚地区像弗拉门戈这样的民谣方式，奠定了洛尔迦诗歌中来自民间传说的童话感。同时他又是西班牙最早接触超现实主义的诗人之一，和达利、布努埃尔这些超现实主义大师都是好朋友。所以他敏锐地把超现实主义里的梦幻和他在民谣里获取的童心结合在一起，同时用这种梦幻调出童话里黑暗和悲伤的那一部分。

洛尔迦最有童心的诗，首先要属《半个月亮》。

半个月亮
费德里科·加西亚·洛尔迦
陈实 译

月亮在河上移动。
天空多么宁静！
当她慢慢地收割
河水古老的颤动，
一只年轻的青蛙
把她当作一面小镜子。

都是写咏物的儿童诗，大师的作品跟一般人的作品还是非常不一样。短短的六行诗里蕴含了一个儿童的宇宙，同时他还在这个宇宙里展开了一次时空的变化。

月亮在河上移动，接着洛尔迦写的是月亮的倒影。半个月亮像一把镰刀，他没有直接说月亮像镰刀，而是说它在收割着河水的颤动。晚上是不太看得出来河水的颤动的，但如果河面有月亮的倒影，就能看出那种轻微的颤动，水波升起来然后灭下去，就像被那把镰刀收割过去一样。

月亮在河水与天空之间慢慢流淌过去，视觉马上从这里转换，来到一个小孩子会喜欢的角度，一只青蛙的角度。在这个转换的过程之中，这把镰刀变成一面镜子。年轻的青蛙看到月亮慢慢变圆，镰刀变成镜子，同时也是这只青蛙成长的过程。月亮在圆缺，青蛙在长大，它学会了照镜子，它已经到了我们人类所谓的青春期，一个对自己的成长有所敏感的时段。

但月亮还是超越了古老的河水和年轻的青蛙，它独自在这首诗里圆缺。除了古老和年轻的对比，这首诗还有一个对比，宁静的天空和这只将要发出青春的啼叫的青蛙之间静和动的对比。

关于宁静和声音，洛尔迦还有一首更著名的诗《哑孩子》，也是我最喜欢的他的一首诗。

刚刚那首《半个月亮》是一位香港的翻译家陈实所译，《哑孩子》是陈实的老师戴望舒所译。戴望舒以译洛尔迦著名，他在翻译上最大的遗憾就是英年早逝，没能译出更多洛尔迦的诗。而陈实作为他的学生,继承遗志,把洛尔迦的大多数诗都译出来了,而且译得非常好。

哑孩子

费德里科·加西亚·洛尔迦

戴望舒 译

孩子在找寻他的声音。
(把它带走的是蟋蟀的王。)
在一滴水中,
孩子在找寻他的声音。

我不是要它来说话,
我要把它做个指环,
让我的缄默,
戴在他纤小的指头上。

在一滴水中,
孩子在找寻他的声音。

(被俘在远处的声音,
穿上了蟋蟀的衣裳。)

这首诗让我想到《诗经》里"蟋蟀入我床下",淳朴,天真,但是又带有浓郁炽烈的忧伤。

哑孩子,一个天生失去声音的孩子,是我们痛惜的对象。他缺乏了每个人都应该有的东西。于是洛尔迦想,这个孩子会不会去找寻他的声音呢,他的声音是被什么偷走了呢?

现实中,一个天生的哑孩子不存在声音被偷的说法,但童话里一定会安排一个角色去把声音偷走的。洛尔迦想到的角色是发出最多声音的、最吵闹的蟋蟀,而且是蟋蟀的王。孩子并不知道是蟋蟀的王把自己的声音带走了,于是他凝视着一滴水,水滴下来,滴下来,反复打散,又滴下来。

这样一个过程,很像我们对声音最简单的理解,就像心电图那样,宇宙中某些绵延不绝的声音,都可以通过一个视觉的形象来理解。这个哑孩子,他也许在一个水滴的形象里,想象了声音是什么样的。

但接下来有一个非常好的转折。这个孩子,原来他找声音回来不是要用它来说话,而是要把声音做成一个指环。对于他来说,声音就是沉默。对于他来说,沉默也是一种声音。指环是贵重的礼物,他把声音做成一个指环,戴在另一个"他"的指头上。这个他也许是一个会说话的孩子,也许就是这个蟋蟀的王。

一个我们认为有所欠缺,跟我们相比是不足的人,他却可以送出礼物给我们。他送给我们的是整天喋喋不休的人类很难得拥有的，就是沉默——在沉默、宁静、闭口不语的时候，对这个世界的神秘的领悟。

到底谁是不足的人呢？谁是需要去怜悯的人呢？接下来洛尔迦再进一步，他说那声音其实好好的，它虽然被蟋蟀的王带走了，但它穿上了蟋蟀的衣裳。这特别像小孩子做游戏时的场景，或者童话传说里一个活灵活现的场景，打仗时把谁抢走了，张灯结彩，穿上热热闹闹的衣裳。

这是诗人对哑孩子的回礼，一个反过来的安慰。他说，你的声音其实活得好好的，它活在万物的身上，在蟋蟀身上，在水滴身上，也在草丛里，你并没有失去它。

洛尔迦的这首诗其实几乎是不可解释的，勉力解释，是想说，在我们成为成人的教育之中，一方面是收获知识的过程，另一方面也会受到许许多多的蒙蔽，有时会背叛我们的初心，而其中一种擦拭本心的古老媒介，就是诗歌。

做鬼做得好好的，又为什么要做人？

说到童心与梦，当代诗人里一定要提到的一位，是顾城。

顾城的确是很难讲的一位诗人。他很复杂，我们必须承认，他是一个杀人凶手。无论是主观恶意的，还是无意的——像他自己所说——但他毕竟是杀死了他的妻子。同时他可能是当代中国诗人中最有童心的,他的诗里充满了对日常的颠倒与现实的悖反。

两者其实并不冲突,儿童也有残忍的一面,残忍的人也并不是生来残忍,有时就是在自己的梦幻遇到现实的巨大碰撞以后,铤而走险。但是我们读诗的时候,还是要把这两者分开。前一个顾城不影响后一个顾城的优秀;后一个顾城,也不能成为前一个顾城脱罪的托词。没有这种清醒,我们就不是一个现代人。

顾城最有名的诗,当然是他那首《一代人》。

一代人
顾城

黑夜给了我黑色的眼睛,
我却用它寻找光明。

这首初读来是充满希望的,甚至带有英雄主义的感觉。既然命运如此造就这一代,我们就要利用这种厄运来成就作为诗人能够成就的东西,这和王国维说的"天以百凶成就一词人"是一个道理。但是随着年龄增长,随着对时代、对人的本性的认识,这两句话也慢慢变得苦涩。

黑色的眼睛真的能够寻找光明吗?当光明来到,光明与黑暗之间的冲突是多么痛苦呢?当然,这些都是我自己想多了的结果。后来有个朋友改写了下,我觉得也挺好,能够让我们从一代人的沉重里脱身而出。他说:黑夜给了我黑色的眼睛,我却用它来翻白眼。这种翻白眼的态度说是搞笑,其实未尝不是一种消解。黑夜还在延续,光明可能还难寻觅,至少我们还可以翻翻白眼,对黑夜不以为然。

顾城的梦很纯粹,他好多诗,尤其后期的诗,好像真的就是一种纯粹的梦境的描绘。反而有些早期的诗,我怀疑深受他的父亲老派诗人顾工的指正,未免主题先行了,带有太强的说理痕迹,是我不喜欢的。

我挑两首他的诗,一首是他最早期的诗,一首是他最晚期的诗。

星月的由来
顾城

树枝想去撕裂天空,
却只戳了几个微小的窟窿,
它透出天外的光亮,
人们把它叫做月亮和星星。

这首诗是顾城十二岁时写的,令我想到佛经里的一句话,"颠倒梦想"。佛经要我们远离颠倒梦想,我却被"颠倒梦想"这四个字深深吸引。梦是反的,但梦的"反"

里却饱含我们在日常的"正"中很难发现的真理。我们为什么被梦境吸引？因为梦总是饶有意味，它在泄露着你的内心，甚至暗示着你的命运。

而顾城好像是天生不学而能的，在十二岁就掌握颠倒梦想的方式去理解这个世界。我们大部分人，从科学的角度也好，从人类经验的角度也好，去看夜空，看到的实体永远是星星、月亮，而非实体的当然是所谓的宇宙。但是小朋友顾城，他就是要对着干，他说天空可能就是一块幕布，它被树枝捅穿了窟窿，漏出背后无边无际的光。光从被捅出的窟窿泄露出来，非实物于是变成我们眼中的实物，也就是月亮和星星。

使用一种逆反思维来发现生活的诗意，这是对这首诗最基本的理解。但是如果回到1968年顾城十二岁的时候，这首诗就饶有意味了。

首先"戳窟窿"这个表达挺有意思。一般这个词是表示在成人世界或者不便说的世界，人们想遮掩住一些东西，然后被看穿皇帝新衣的孩子捅破了。戳窟窿是我们对小孩的一种谴责，同时又是对小孩的一种羡慕，只有小孩有这个特权，能说穿成人集体纵容的潜规则。

树枝是孩子的武器，可以想象它是《星球大战》里的光剑，他想用他的武器撕裂天空，他认为天空是虚伪的，是蒙蔽真相的。当然他撕裂不了，但他起码能捅几个窟窿出来。这几个窟窿所泄露的光，就是他在《一代人》

里用黑色的眼睛去寻找的光。用这首十二岁时的《星月的由来》去理解他后来的成名作《一代人》，我们也许能想得更深。

接着我们再读一首他三十来岁的诗。顾城在新西兰时，住在一个岛上，他写了一组庞大的诗，叫《鬼进城》。这组诗是讲鬼——他所推崇的一种游离于人类社会的灵魂状态——来到人类社会的遭遇和反思。

其中有一小段很可爱，他是这么写的：

零
点
的
鬼，
走路非常小心，它害怕摔跟头，
变
成
了
人。

这也是使用跟人类完全相反的视觉——好像顾城不是人似的。我们怕自己变成鬼，也怕身边人死掉以后变成鬼，其实这怕毫无理由，死了能变成鬼，这是多么值得庆幸的事，不是灰飞烟灭，而是以鬼魂这么自由洒脱的状态存在。

但顾城没有直接质疑这一点，他从鬼的视角讲了一个生动的黑童话。不只是人怕变成鬼，其实鬼更怕变成人。做鬼做得好好的，很开心，进入人类的城市以后，他要非常小心，因为一不小心摔跟头，就会从鬼变成人了。人是多么可怕的一种生物，人的社会里有这么多受不了的东西，所以他想，一定要小心，不要变成人。

顾城调侃着鬼怕变人的心理，其实也是在调侃，人并不是多么值得羡慕的生存状态。小时候我看过一首美国的童诗，有只小蝙蝠跟着妈妈飞进人类的房间，灯火通明，小蝙蝠害怕了。它说，妈妈，能不能开一下黑暗？我害怕。电灯开关对于人是开一下光明，对于蝙蝠来说是开一下黑暗。人并不是万事万物的标准，黑暗与光明也并不是绝对的。

这首诗里呈现的视觉形式也很有趣，它排列成一个十字架的形状。这当然和死亡有关系，但同时它也代表着十字路口。鬼进城，走到十字路口，正是生死交错的关头，我们要往哪一个方向去？鬼有鬼的选择，人有人的选择，千万别撞伤了，摔个跟头，变成互相不想成为的对方。

其实诗本身就起于我们的童心和梦幻。一个人有童心，才会选择诗歌这种不实在，甚至不靠谱，无法被成人的逻辑所解释的方式去表达自己。一个人有梦幻，他才能信任语言和语言之间所碰撞出来的超现实场景是真正的现实。

洛尔迦和顾城，都是擅长做梦的人，而我们学习做梦，尊重做梦的人，是和诗亲近的第一步。

23 神秘的诗意

> 神秘是不可说的,但还是要努力去把它说出来,这个说出来的过程就是诗的过程。

潮湿暮色里,你的父亲必将回来

我最迷恋的一个老头就是博尔赫斯,他的诗如同一座无法走出的迷宫,把"神秘"二字展示得淋漓尽致。

神秘和基督教神秘主义有很大关系,神秘主义又翻译成冥契主义,就好像冥冥中有一些东西是契合的,在神的旨意和现实之间寻找一个隐秘的联系。这种寻找联系的方式和写诗的方式是相似的。写诗也经常会在两个事物之间寻找一种超越理性的、超越物理规则的联系。这是写诗的基本出发点,也是一种基本技巧。

海德格尔说过,诗是"说不可说的神秘"。这句话道出了诗的秘密,至少有两个关键,第一是说我们从世界感受到了神秘;第二是我们要努力说出来,即使这个神秘是不可说的。

这跟另一位哲学家，海德格尔同时代人维特根斯坦的一句名言有可比之处。维特根斯坦说，"对那不能言说的，必须保持沉默"。听起来好像一句废话，凡是不能说的，当然只能沉默了，但是"必须保持沉默"是对沉默带有一种敬畏。

对于神秘，既然不能言说，就干脆沉默，去领受这种神秘好了。但如果真的这么想，还要艺术家，还要诗人干什么？所以海德格尔说，我们虽然知道神秘是不可说的，但还是要努力去把它说出来，这个说出来的过程就是诗的过程，它在说不可说的神秘。

正是在言说过程中，神秘得到保存。诗人并不是像解谜一样完全解开，而是在感知到神秘之后，在保存神秘的魅力的同时，又向读者开启另一段神秘的旅程。

比如博尔赫斯这首神秘的诗，《雨》。

雨

豪尔赫·路易斯·博尔赫斯

陈东飚 译

突然间黄昏变得明亮
因为此刻正有细雨在落下。
或曾经落下。下雨
无疑是在过去发生的一件事。

谁听见雨落下，谁就回想起
那个时候，幸福的命运向他呈现了
一朵叫玫瑰的花
和它奇妙的，鲜红的色彩。

这蒙住了窗玻璃的细雨
必将在被遗弃的郊外
在某个不复存在的庭院里洗亮

架上的黑葡萄。潮湿的暮色
带给我一个声音，我渴望的声音，
我的父亲回来了，他没有死去。

这首诗像一个戏剧的定格一样，突然在我们的双眼前打亮一盏灯，呈现出一个人人渴望存在，但是人人都没有见过的场景。

第一句是"黄昏变得明亮"，明明黄昏是越来越暗，有什么样的力量令它变得明亮呢？博尔赫斯说是因为下雨。雨水不断反光，也许会产生一种明亮的效果。黄昏变得明亮，是一种超现实的感觉，这种戏剧效果呈现的是像日本文化所说的逢魔时刻，或者客家语里说的临暗时刻，就是黄昏将要变成黑夜之前回光返照的那一刻。在这个时刻，日本人认为我们能够见到妖魔或者鬼魂。我不知道博尔赫斯有没有看过这个传说，但这首诗无疑呼应了这种时刻的存在。

接着更加神奇的是用语言造成的魔法，"此刻正有细雨在落下。/或曾经落下"，但后面它又变成"无疑是在过去发生的一件事"。

整个时态不断逆转，从此刻逆转到"或者的"曾经，然后马上变成"无疑"的事。雨从过去一直绵延到现在，雨从来没有停过，它只是偶尔暂停了，现在落在我们身上的这一场雨，也许曾经落在遥远的过去。接着博尔赫斯就能够理直气壮地宣布，雨变成灵魂的媒介。它像能够接通过去或未来的时光机器一样，听到它落下，就能想起自己幸福的命运。

这个幸福的命运是向他呈现了一朵名叫玫瑰的花。莎士比亚说过，玫瑰就算换了一个名字，不叫玫瑰，它依然那么香，那么美丽，博尔赫斯也深有同感。所以他才觉得奇怪，是谁给予"玫瑰"的名字？

这句话的呈现方式令我想到马尔克斯《百年孤独》的开头："许多年之后，面对行刑队，奥雷连诺·布恩迪亚上校将会想起他父亲带他去见识冰块的那个遥远的下午。"这个开头以它复杂的时态而著名，李商隐的"何当共剪西窗烛，却话巴山夜雨时"也是这样的时态，现在遥想未来回想过去的那一刻，将来的过去是非常奇妙的。

为什么在死亡面前，布恩迪亚上校会想起他父亲第一次带他去看冰？因为在南美洲热带地区是没有冰块的，于是会巡回地展览冰，冰在孩子心中留下深刻印象，而这个印象跟死亡的感觉混杂在一起。

第一次看冰和第一次看玫瑰的相似之处在于，有一个父亲带领着你，告诉你，这种奇怪的事物——无论是冰还是玫瑰——它的名字是什么。对于小孩来说，父亲是命名者，就像诗人对于一般人来说也是个命名者，他给世事万物赋予一个诗意的命名。

这场雨不但穿越了时间，它甚至穿越了无常。就像接下来说的，在一个不复存在的庭院里，这场雨还必将其洗亮。博尔赫斯用了"必将"，"必将"是未来的时态，而"不复存在"是过去时的。这个庭院已经被无常力量吞没，但因为这场雨栩栩如生，它又出现了，架上还在生长着葡萄，那不存在的一切能够再度存在，而且鲜活如昨。

这一段过渡铺垫了后来父亲惊心动魄的回归。暮色被雨水淋湿了，一个鬼魂出现，我的父亲回来了。就像一张相纸在显影液里显影，鬼魂从底片变成正片的影像。

在苍茫的暮色中，他的鬼魂回来，甚至他不但作为一个鬼魂回来，而且取消了自己死亡的这一现实。原来他一直都活在我们身边，但只有在这么一个逢魔时刻，我们才有机会再见我们最爱的人。

我非常喜欢这首诗，但真正读明白，还是到我当了父亲后。在某一个黄昏，我带着三岁的孩子在迪士尼公园外面暮色笼罩的花园游玩，游人稀少，只有我跟他在嬉闹，我突然想，假如我是诗中这个作为幽灵回归的父亲，我会怎样去书写这一幕？

于是我应和这首诗，写下一首《回旋曲》。

回旋曲

廖伟棠

暮色里花园，雨点零星间
你父亲的幽灵回来了，
带给你大海波光粼粼
一如你两岁时流过你手背的喷泉，
他记住了黄蓝相间的瓷砖，
你记住了水的清凉，
世界因此而永恒。
父亲的幽灵如博尔赫斯
抚摸着叶隙漏下的星光缓行，
你的、我的、他的父亲
在方舟上坐着
说起某一个遥远的下午，
那时一样有战争和不顾一切的爱情，
那时一样有罂粟子为面包添香。
暮色如期笼罩这个例外的花园

> 我们从死者的队伍里被豁免，
> 因为你记得细浪排列的纹样
> 你从我的掌上辨认
> 它们推送帆船出航，
> 你记得奥德修斯在星空下
> 曾给你指点树桩上年轮微倾。
> 当夜晚行军的船队陆续没入
> 海伦的发，
> "爸爸，你看见那个小船吗？"
> 最后的一个水手划着独木舟
> 在南中国海隐入海伦的梦……
> 暮色里花园，我的孩子
> 如幽灵掬水，洗濯看不见的马群。

这首诗写到后面，有点唏嘘。在我成为幽灵之后，我的孩子也将成为幽灵。但那又怎么样呢？总是会有马匹在等待我们再度出发去漫游这个世界吧。

这里既有儿子对父亲的爱，也有我作为父亲对儿子的爱，这两种爱像宇宙的一切东西一样，回旋着。就像树桩上的年轮，呼应着水波宇宙的回旋。"船队陆续没入／海伦的发"，沧海和历史都会被美收纳。我相信一首诗就能完成这一种命运回旋的过程。

我想我和博尔赫斯一样，试图回答这样一个问题：

既然人必有一死,既然死可能是虚无的,那么我们为什么要有此世的缘分,这父与子的缘分?我不相信我们不会再见,这就是这首诗和博尔赫斯所给出的答案。

在南方的庭院里坐井观天

《回旋曲》里的这一句,"父亲的幽灵如博尔赫斯 / 抚摸着叶隙漏下的星光缓行",呼应的是博尔赫斯的另一首诗,《南方》。

南方
豪尔赫·路易斯·博尔赫斯
王三槐 译

从你的一个庭院,观看
古老的星星;
从阴影里的长凳,
观看
这些布散的小小亮点;
我的无知还没有学会叫出它们的名字,
也不会排成星座;
只感到水的回旋;

在幽秘的水池

只感到茉莉和忍冬的香味，

沉睡的鸟儿的宁静，

门厅的弯拱，湿气

——这些事物，也许，就是诗。

西方诗歌尤其西方现代诗歌，有一个传统，以诗论诗。古代中国也有这样的传统，像杜甫就写过《戏为六绝句》，元好问写过《论诗三十首》，以诗来讲述心目中的诗歌理想。这种以诗论诗的诗，有趣之处在于，它本身必须是一首好诗，本身就在证明着它要论述的论点。像这首《南方》，如果不要最后那一句"这些事物，也许，就是诗"，它能不能成为一首美妙的神秘的诗呢？那是当然的。

我最初被这首诗吸引，首先是因为它的诗题。《南方》，跟我所在的南方以及我所推崇的文学理想相近。那是一种南方的文学，我希望它是湿润的、草莽的，没有那么多对中心的仰望。而博尔赫斯的《南方》，指的是南美洲的南方，他身处的阿根廷。南美洲属于地球的南半球，阿根廷更是几乎在南美洲的最南面。

这里的"南方"，既有一种颓废的、旧欧洲的风味，殖民地的色彩，又有一种压制不住的、草莽生长的野蛮状态。这种野蛮和颓废构成它的神秘：这里的人笃信命运，轻易把自己的一生或者爱情都交予命运之手。所以才有博尔赫斯小说里那种让人耿耿于怀的由偶然构成的必然。

博尔赫斯有一篇小说,是讲有一个人突然决定隐姓埋名,躲在南方的一个庭院里,每天看着庭院里和窗口外面的一些事情,就这样慢慢忘记了自己曾经想要复仇的一切,在这个南方的庭院里消磨了一生。

阿根廷的南方庭院,不是欧洲的风景式庭院,而有些像北京四合院的结构,院子被墙牢牢地包围着。所以这个庭院更加幽谧,更为私人。这首诗里所呼唤的"你",一方面是读者,一方面也是博尔赫斯的自画像,当然也有可能是小说里隐姓埋名的人。

他在庭院里抬头观看星星,这有点像坐井观天。其实坐井观天是一件浪漫的事情,因为周围的一切都被井屏蔽了,只有星空还属于你。

他在庭院观望星星,接着慢慢镜头拉下来,他低下头去看阴影里的长凳。白天在阿根廷强烈的阳光照耀下,在庭院里树的阴影下,笼罩着一条长凳。浓密的树荫之间露出的光点在长凳上晃动,就像他抬头看到的在黑暗中不断闪烁的星星。这里有两个意象,一个是抬头看到的极其广大的宇宙,一个是低下头来看到的小事物——在自己庭院里的一张长凳。

长凳,是一个人最小的安身立命之所,他可以坐在上面看书,想古代的、未来的事情。也会想他头上的星空和并没有写出来的"心中的道德律",两种令人肃然的事物。这种肃然就会引到下面这句,"我的无知还没有学会叫出它们的名字"。认识到自己的无知,是难得的。因为无知而谦卑,那更加难得。我们见了太多因为无知而傲慢的例子了。

他没有学会叫出这些光点的名字,也没有学会把这些光点排列成星座,但他却知道光点跟星星之间的神秘呼应。神秘,最早的意思本来就是关于神的世界和人类世界之间的某种暗合。虽然他叫不出这神秘的名字,对于不可说的事物,他保持了沉默,但是他又觉得不应该止于沉默,于是他就闭上眼睛,合上嘴巴,去倾听。他倾听到在这个庭院里,水在回旋的声音。

这里又有了一次对宇宙的呼应,水在一个深深的庭院的深深水池里,谁都看不到,它们却在遵循着宇宙的规律回旋着。而诗人感受到了。

他还感到茉莉和忍冬的香味。或许真正的秘密就在于这个人已经双目失明,那就是博尔赫斯。当他放弃视觉,放弃一开始对星星和亮点的执迷,他就能够感受香味,感受到沉睡的鸟儿,甚至是门厅的弯拱。

门厅的弯拱,对于一个盲人来说更有意义,他摸索着走过来,摸到一个弯拱,于是知道这是一扇门。他的皮肤感受到了周围弥漫的湿气,然后他可以安心地说出,我身处在诗之中。

当然如果我们一定要去解读,也可以认为,原来诗是充满了通感的呼应的。它的宁静，是对极静的听觉，而不是对某种声音的听觉。诗是一个人在高度敏感之下，察觉到万事万物之间的呼应和转化。其实这些听觉、嗅觉、触觉以及对湿度的敏感，也是构成我们自我意识的种种。在这首诗里，它们组成一个完整的人，也组成一个完整的宇宙。

读这首诗的时候，我想起一部科幻电影《降临》。电影中外星人来到地球，他们书写的文字很奇怪，由触须喷射出来，像水墨画一样。地球上的语言学家去解读，解读到最后变成顿悟的过程。这是语言在一个瞬间里同时呈现无数的意义，它跟人类的语言不一样，人类语言是线性的，不能同时呈现意义。但是外星人水墨喷涌的那一刻，呈现出无数的意义，这倒是让我想起艺术。

艺术是非线性的。我们观看一幅画，读一首诗，常常共时性地获得许多经验和撞击。在写《降临》的影评时，我引用了慧能的弟子永嘉禅师讲的禅偈，"一月普现一切水，一切水月一月摄"。所有的水都在倒映同一轮月亮，到底是月亮统领了水，还是水倒映出月，这就是能指和所指的问题，其实这并不是那么重要，关键在于月亮和水在这个叙述之中呈现出共生的结构。

它所能够给我们的启示是，大自然之中的应和远远超出我们意料，像月亮和地球上的水，本来是没有共同性的，但月亮却无时无刻不按科学的规律引领着地球上水的潮汐。永嘉禅师应该不知道地球上的潮汐跟月亮引力有关,对于这一个不懂得科学,却懂得诗意的人来说,也许月亮就是一汪水。

关于这种大自然里的应和,早在十九世纪,现代诗的先行者波德莱尔就写过一首十四行诗《应和》。比他小三十岁的天才诗人兰波,也写过一首十四行诗《元音》,是关于大自然和感官之间的应和。

不过博尔赫斯的诗,又明显有别于他们的诗。博尔赫斯是一个盲人,他所有的经验,慢慢只能在回忆中不断地加强。所以他诗里的经验非常强烈,比一个双目正常的人更加强烈。因为他意识到他已经不可能再增加自己的经验了,所以他把这种旧有经验反复地召唤出来,像是招魂一样,一再地赋予它们更多更深的意义。

此外,博尔赫斯很喜欢日本和中国文化,所以他的诗以及他的诗歌理念里,也包含着东方的色彩。比如说这首诗里就让我感受到和中国诗歌相似的东西:中国诗是一种经验的诗,而西方的浪漫主义、神秘主义、象征主义或者超现实主义的诗,是一种超验的诗。超验是超出个人经验,来自某种神秘的启迪。灵感也好,诗人强大的想象力也好,或者高于常人的同理心也好,都能带来超验。而经验的诗很大程度取决于实实在在的体验,一个人有了丰富和坎坷的人生历练,又有足够的才气去呈现这种历练,在中国诗的脉络里,他就能成为一个成功的诗人,杜甫就是一个完美的例子。

而博尔赫斯把中国诗的经验和西方诗歌的超验混合在一起。就像《南方》这首诗，一方面来自一个好像很局促的当下，在一个小庭院里，他的所见是有限的，但他却从有限的经验进入超验，进入无限，然后通过这些事物——也许就是诗——来传递给我们。它只传递了这里的有限事物，但你却可以把它们作为一把钥匙，开启诗这个可以无限定义的空间。

博尔赫斯的失明，好像是非常令人惋惜的。他自己就写过一首《关于天赐的诗》，他说，"上帝同时给我书籍和黑夜"。这可真是一个绝妙的讽刺。

博尔赫斯是一个博闻强记的人，他博览群书，而且最热爱的事情就是读书。当他被任命为阿根廷国立图书馆馆长的时候，他说过，他感到被七十万册图书重重围住的一种幸福。但当年他就双目失明了，所以他又说，这真是上帝对他的一个讽刺。

但是，上帝往往以这种讽刺来成就一个领域的伟大。就像我们熟识的贝多芬，作为一个音乐家，他的听觉有问题。凡·高作为一个画家，据说是一个色弱患者。而博尔赫斯，他失明以后，就求助于自己的记忆。不知道自己将来会看不到或者遗忘掉一些东西的人，就缺乏这么强烈的意念想要写作。但一个已经明确知道余生不能再见到自己珍惜事物的人，他会用自己最优秀最有力量的语言去再现，甚至去重新创造一个属于他的经验。

24 死亡的诗意

> 诗人不必再为死亡所纠缠,
> 你就把自己当成浪花的一滴,
> 投身大海吧。

死亡会取消一切意义吗?

死亡是每个人不得不面对的终极课题,也是让许多人感到恐惧的事。但同时,死亡的诗意无处不在,死亡是构成诗歌诗意很重要的背景。从古诗到中世纪的诗到现代诗,都非常关注死亡。

这一次我要讲的死亡,更主要是讲诗人如何面对死亡,如何从容对待这生死一瞬。这一瞬也许就是永恒。我找了一个东方的诗人,韩国的高银。他有一首可能整个人类都可以代入进去的小诗,《私语》。

私语

高银

金丹实 译

下雨了
我坐在桌前
桌子悄声说
很久以前,我曾是花朵,绿叶,树丫
曾是蜿蜒到沙漠尽头绿洲
地底深处的根

桌上的小铁片说
我曾是月夜嘶叫的孤狼的小舌

雨停了
我走到门外
淋得湿透的小草对我说
很久以前,我曾是你们的喜怒哀乐
你们的人生,歌谣
你们的梦境

轮到我开口了
对书桌

对小铁片

对泥土:

很久以前,我就是你,你,和你

现在,我是你,你,和你

这首诗骤耳听来,跟死亡没什么关系,没有一句话提到死亡,甚至还提到了生长的小草、绿洲、地底的根,这些充满生机的事物,当然还有一条孤狼在嘶叫着。这一切为什么跟死亡相关呢?

首先它像一个招魂仪式,一个像博尔赫斯所写的《雨》一样的招魂仪式。雨下起来,世界顿时进入一个与世隔绝,但又能够跟世界的真实面貌打照面的时刻。在这样一个时刻里,万物开始跟诗人讲述自己的本原。桌子当然是一棵树变成的,再追究下去,它曾经是藏在绿洲地底下的根;根从大地吸取滋养,来维持那一片绿洲,而沙漠里的根,就更有意义了。

假如说高银被迫害时候的韩国,就是一片沙漠,那么高银和他同行的诗人艺术家,就像沙漠里的绿洲,而他的书桌是他的根。它提醒了诗人,必须深深地把根伸到韩国的土壤里去,才能维持这一片给人带来希望的绿洲。

桌上的小铁片是什么呢?可能有很多含义,但我可以把它想象为诗人用来写诗的那只钢笔的笔尖。这符合接下来的一句,"我曾是月夜嘶叫的孤狼的小舌",这头孤狼当然也是诗人自己了。就像鲁迅说笔是他的矛,对于高银来说,笔是他的舌头,不断地嘶叫着,不断地反抗着浓重的黑夜,告知沉默的人们,反抗的声音的存在。这是一个战斗的意象。

雨停了,就像这个国家经历许多纷争以后,终于沉静下来。大地上又长满小草,在满目疮痍的废墟之上。很久以前,大地下埋藏着人的尸体,这具尸体曾经是一个生命,他唱过快乐的歌谣,悲伤的歌谣,有过人生,有过梦。被死亡湮灭以后,他又化成青草,在土地里长出来了。

诗人怎么去回答万物对他的呼唤呢?他很从容,他对书桌、对小铁片说,但他没有对青草说,而是直接对长出青草的泥土说:我本来就是你们,现在我也将成为你们。

这是一种轮回,人类只是构成整个大宇宙的其中一个原子,在一个循环的故事之中,完成自己的那一步。

有了这样的领悟,诗人并无所谓自己将要成为什么,也无所谓自己曾经是什么,更无所谓现在他所执着的。我们所执着的是,这具肉身是什么。

我们没有人知道死亡以后是什么样的,但是我们每个人都在死亡的背景下生存,只要认真面对生存,就必不可少地要思考死亡的问题。而思考死亡,就必然要面对生存的意义。如果从纯粹理性的角度去思考,我们恐怕只能得出虚无的结论,死亡取消了一切意义。这是古今中外无数哲学家都不得不承认的一个问题,而最赤裸裸地写透这一点的叔本华,是其中最被大家所知道的一位,他的《作为意志和表象的世界》和其他著作都涉及对虚无的承认。

但是,如果从非理性、从感性的角度去说,从诗、从艺术的角度来说,死亡是否真的取消了一切意义呢?

毋宁说艺术创作,诗的写作,本身就是在寻找着这个不被取消的意义是什么。

死尸的目的地是大海

作为诗人,高银是亚洲近年来呼声最高的诺贝尔文学奖候选人,不过现在看来没有希望了,因为他被卷入韩国的 Me Too 风波。

这姑且存而不谈,高银的价值,更多在于他作为韩国的国民诗人,跟整个现代韩国的命运纠缠不分,他的一生几乎就是大韩民国近一百年的变迁。

朝鲜战争时,年轻的高银做过背尸体的工人,在那个过程中,我想他慢慢认识到什么是无常。青年时候他坐过好几次牢,出过家,又还过俗,甚至曾经被判二十年的有期徒刑,幸好后来被提前释放。他四次试过自杀,后果是有一只耳朵失聪,另一只耳朵后来在监狱中也失去了听觉。

这样一个人可谓是历经劫难,但他的诗却非常通透,没有怨气,没有苦大仇深要为自己寻回公道的战斗的性格。并不是说公道不重要,一个经历了这么多的人,他要做的是超越这一切,从一个更高的角度去看待公义,看待个人的恩怨,看待韩国这个民族在被卷入的命运里,如何赎罪。

高银短而有力的一首诗,也和下雨有关。

骤雨
高银
金丹实 译

数亿尊佛陀倾盆而下
溪水手忙脚乱
其他许多死尸
也随着佛陀的遗骸
漂流而去
痛快!

这首短诗肯定是高银面对一场倾盆大雨的时候突然来的灵感,而这个灵感太巨大了,我读过的所有诗里,从来没有人会把雨点想象为佛陀的。佛陀是一个庞大的意象,正正是一个修佛的人才能有这样的想象。

佛陀的原本意义，是悟道者。因为对于悟道者来说，他的躯体、意象、形象根本不值一提，全部都可以放弃，所以他可以倾盆而下。而溪水作为人世间的修道者的象征，他必须去接迎这些佛陀的尸体。

其他许多死尸，高银只用一个"其他"来形容，包括人类的尸体，甚至包括抽象的尸体。我们的某个意念、执著，都变成尸体，被佛陀的尸体夹带着，随着溪水奔流而去，目的地是大海。

有这样一个传说，当我们去到忘川的时候，如果在忘川接引的渡船上低头，会看见一具一具尸身漂流而过，其中有那么一具，是你自己的尸身，你会看到自己的尸身远离你自己的灵魂，不知道漂去哪里。而佛经里说，大海是不现尸首的，被大海吞没的尸身，是不会浮现在海面上的。

这个典故之前在提到废名的诗歌时曾说到过，废名说"此水不现尸首"，他觉得美极了，尸身本来就不应该浮现出来，本来这个世界就是我们作为短暂过客的寄生之地而已。这具肉体就让它漂流去吧，痛快！高银似乎在呼应废名。这痛快又令我想起了我最服膺的一位诗人对于死亡的看法。

在我的青年时期，我为死亡所困扰，直到读到他这两句诗，才恍然大悟，诗人不必再为死亡所纠缠。那就是陶渊明写的两句，"纵浪大化中，不喜亦不惧"。"纵浪"这个词太生动了，就跟高银这首诗里写的一样，佛陀的尸体随着溪水漂流而去。

"大化"是这个宇宙运行的真理,你就把自己当成浪花的一滴,投身大海就好了。没有什么值得害怕的,也没有什么值得高兴的,因为这就是自然的法则,我们所需要的就是顺应它,那就非常痛快了。

当然最后我想提醒一下,这里包含着一个死去以后的世界的逻辑,跟现在我们活着的世界的逻辑不同。高银、陶渊明的伟大之处是,他们用死去后的逻辑去思考生死。我们还没有悟到死去后的世界的逻辑,只能从活着的世界的逻辑出发的话,恐怕还是不能达到这种痛快的境界的。

如果没有细读他的诗,我们可能以为高银是一个政治诗人,或者以为他是给人安慰,像心灵鸡汤的佛教小语似的写作。其实并不然,高银的佛教是赤裸裸地去面对生死这一劫难的佛教。

他的朋友,美国的"垮掉派"诗人艾伦·金斯堡,曾经给他下过一个定义,说高银是一个带有鬼气的诗歌菩萨。这是一个矛盾的修辞,又是菩萨,但又带有鬼气,死亡的阴影如影随形地笼罩在他的诗里,有时是个体的死亡,有时是群体的死亡,有时是国家民族的死亡。但是他像菩萨一样,不断地去超度这些死亡。他也许回答不了人生有什么意义,但他思考着死亡的意义。

而这或多或少帮我们回答着人生的意义的问题。

理性的诗意

25

> 写一首诗,哪怕是一首带有疑问和困惑的诗,本身就为好像无意义的生存获得一个意义。

从不可捉摸的命运里琢磨秩序

在约定俗成的认知里,我们都认为诗是感性的,诗人是感性至上的,甚至是非理性的。不疯魔不成活,疯子和诗人好像只有一线之距。而的确也有很多诗人是一种"佯狂",用装疯扮傻的方式去抒发自己的胸臆。诗意和理性这两个词之间似乎充满冲突。尤其在中国诗歌中,很难能看到一个理性的诗人。

中国诗歌传统是抒情的传统,有所愤怒,有所寄托,然后把情感以最饱和的状态抒发出去,里边很少有理性的位置。当然这跟中国哲学也有关系。有人认为照西方哲学的定义,中国可以说是没有哲学的。中国有很多思想,但是不成为哲学。中国人的思维方式更接近于诗的方式。所以西方诗歌一度从中国诗歌里学习这种纯粹的感性的体悟方式。

但试想一下，如此感性的国度，如此感性的诗歌，假如有理性的力量去支撑，它能够到达什么样的高度？这就是我要跟大家讲的一个人。这个人独立地扭转了中国诗歌缺乏理性、缺乏思辨的地位，他就是冯至。

我首先分享冯至二十八首《十四行集》里我最喜欢的一首，第十五首。这也是我读的第一首冯至的诗。我在中学时读到这首诗，后来每次走到一个荒原，一个辽阔的地方，我都会想起这首诗。

《十四行集》第十五首
冯至

看这一队队的骡马
驮来了远方的货物，
水也会冲来一些泥沙
从些不知名的远处，

风从千万里外也会
掠来些他乡的叹息：
我们走过无数的山水，
随时占有，随时又放弃，

仿佛鸟飞行在空中，
它随时都管领太空，
随时都感到一无所有。

什么是我们的实在？
从远方什么也带不来
从面前什么也带不走

我已不记得这样一首诗是怎样打动当时只有十五六岁的我的心。也许是一种血液里的呼唤，对人类无常无着的状况，当时我朦朦胧胧地感觉到了。

十五六岁的时候，我经历了时代一些重大的事情，同时我的阅读也开始开窍，读了鲁迅先生的书，形成我的某些批判的精神，但同时也形成某种虚无的精神。冯至就呼应了我这一点，甚至可以说令我刻骨铭心。后来长大，我知道更多的历史背景以后，对这首诗又有了更深的认识。

人类的理性之伟大就在于此，能够从混乱的不可捉摸的命运——可能是个人的命运，也可能是人类的命运，国家的命运——琢磨出秩序。十四行诗本身就是一个有秩序的写作方式。这一体裁能在西方成为像我们的绝句、律诗一样受到那么多诗人欢迎，是因为它的形式严谨，适合诗人进行情绪、思想的推进。

这首诗的背景是，冯至流落到西南方，在西南联大，一边紧张地教育，一边紧张地生活，逃避战火。"看这一队队的骡马／驮来了远方的货物"，马上把我们带到当时中国岌岌可危的状况里。

当时中国对外的公路联系只有这一条滇缅公路，全长一千多公里，是抗战初期中国大后方的一条生命线，维持了很长一段时间。我们背水一战，只靠这条线从外界输送来物资。所以一开始我们有一种感恩。这"远方的货物"牵系着生死悬于一线的民族命运。但与此同时，"水也会冲来一些泥沙／从些不知名的远处"，与货物相比，泥沙是伤害我们的事物。

比如日本的侵略，就是水冲来的泥沙。一方面它伤害我们，另一方面从这里也可以看出冯至的气魄。在这个有自信的诗人或者说有自信的民族面前，它只不过是泥沙罢了。"不知名的远处"，这口吻也带着对敌人的傲气——你尽管过来吧。

接下来，诗从对外的想象转向对内的审视，"风从千万里外也会／掠来些他乡的叹息"。风从荒原上吹来，但明明我们已经身在他乡，"他乡的叹息"为什么还会从千万里外吹来呢？

这是诗人或者说整个大后方逃难的人所想象的。故乡成了他乡，自己身处他乡，听到从故乡传来的叹息，好像已经万难再见面了。这也提醒我们身处他乡必须要认清一个事实,是我们自己以及我们的语言、精神成为随身携带的故乡。

接着诗切入真正的状况,"我们走过无数的山水,/随时占有,随时又放弃"。学生们从北京从上海从天津一路逃,一路以为能够停下来,结果不行,还得走,一路逃到昆明,就像当时的中国一样,一路退,退无可退。

但是诗人再次腾飞起来。我们"仿佛鸟飞在空中",我们"随时都管领太空",整个太空是我们的,因为我们在飞行。

一个人占有的越少,你能被别人伤害、能被别人剥夺的东西也越少,实际上你是更自由的,你的心是更广阔的。你感到一无所有,但是你也没有东西可以再失去了。当然,刚开始冯至认定了人类这个宿命的时候,他也有一种空落落的彷徨,"从远方什么也带不来/从面前什么也带不走",这其实就是著名的哲学三大问题的变种——我们是谁?我们从哪里来?我们到哪里去?

当身处流亡的极端状态时,为什么还要想带来带走的问题呢?这个问题就类似于,货物跟泥沙表面上是完全相反的,但对于一个逃难的人来说,它们都起到了令我们的脚步继续前进的作用。

只要我们在前进,我们不用着急知道我们的"实在"是什么,我们首先要认清无牵无挂才是生命的本质,什么也带不来,什么也带不走。

生命的实在是，我思故我在

冯至刚在诗坛出道的时候，写的是情诗，而且深为鲁迅先生推崇。鲁迅说他是新诗诞生以来最好的抒情诗人，没有说之一。

这个抒情诗人，当他成长以后，他首先去的是当时中国的北方。1927年，他去哈尔滨任教，体验了严寒的东北和被侵略的东北，他写了一本诗集《北游及其他》，这是第一步。第二步，三十年代，他离开中国，去德国留学，攻读文学哲学与艺术史。德国是一个理性的国度，虽然这理性发展到极致，在"二战"时却一度走向非理性。冯至去德国，是因为他喜欢德语诗人里尔克。他学习德语，翻译里尔克的诗，并且，他也是中国比较早介绍海德格尔的一位文学界人士。

受种种理性环境熏陶，冯至非常推崇歌德——德国理性时代的巅峰诗人。从《浮士德》中就可以看出，对理性精神、科学精神的推崇，是歌德和当时狂飙突进时代的德国文学得以进步、突破的关键。

当冯至回到中国的时候，抗战正浓，他任教于同济大学，并且带领他的学生跟着全校，还有当时中国的很多学校一起逃难到大后方，去到云南。在西南联大，他担任外文系德语教授。这个时候，冯至写出了他一生最重要的诗篇《十四行集》，在那里，你看到一个沉思中的中国人。

在极大的苦难和生存的不确定之中,他竟然能够坐下来沉思,去想——人,民族,时代,乃至整个世界的命运。

《十四行集》第十六首
冯至

我们站立在高高的山巅
化身为一望无边的远景,
化成面前的广漠的平原,
化成平原上交错的蹊径。

哪条路,哪道水,没有关连,
哪阵风,哪片云,没有呼应;
我们走过的城市、山川,
都化成了我们的生命。

我们的生长,我们的忧愁
是某某山坡的一棵松树,
是某某城上的一片浓雾;

我们随着风吹,随着水流,
化成平原上交错的蹊径,
化成蹊径上行人的生命。

这首诗像是冯至在自问自答，"我们的实在"到底是什么？我们的实在，并不是由我们最后留下什么成就来确定的。尤其在当时的中国，战争好像已经败得一塌糊涂，你不知道这个国家还能不能生存下去，也不知道有生之年还能不能看到山河光复、人民展开欢颜的一天。但是冯至说，我们所走过的最终变成我们的生命，是我们的经历而不是我们的成果，是我们走过了什么而不是我们走到哪里，成为我们的意义。

抗战也是一样，一个节节败退但是不断抵抗的民族，比把自己束手奉上的民族更有意义，更能获得世人的尊敬，也获得自己的自尊。

但假如没有政治历史的现实背景，假如这些诗不是二十世纪四十年代的冯至所写，是一个和平时期的人所写的，它同样具有理性诗歌的魅力。它拥有清晰的结构和逻辑面向，能够让我们推导出在不同情境下的适用性。

这首诗写的是我们从这个世界获得很多，同时我们也成为世界的一部分，给予他人很多。这种循环、转换、因果的链条，在这首诗里是浑然无间的。看不出来哪里是因，哪里是果，但是这一切又那么清晰地发生着、流转着。其实，宇宙本身就是这样。

诗人能够写出这首诗，其实也是前面说的——我们的经历，而不是我们的结果成为我们的意义。写一首诗，哪怕是一首带有疑问和困惑的诗，本身就为好像无意义的生存获得一个意义。

当疑问和答案都以清晰的两首《十四行集》呈现出来以后,诗人对世界的思索并没有完结。冯至接下去写了很多首诗,分别从不同的角度,比如他眼前所见的劳动的人、平凡的人;他思考中的像歌德、杜甫这样伟大的人。他把他们召唤到他的《十四行集》里,邀请他们来一起思索,一起回答——生逢乱世我们能够怎么样?我们如何在这个动荡不安的宇宙中安身立命?

于是接下来他所写的诗越来越深,越来越沉静。好像世界越动荡,他偏偏越要反其道而行之,去追溯世界的本原。

《十四行集》第二十一首
冯至

我们听着狂风里的暴雨,
我们在灯光下这样孤单,
我们在这小小的茅屋里
就是和我们用具的中间

也有了千里万里的距离:
钢炉在向往深山的矿苗
瓷壶在向往江边的陶泥;

它们都像风雨中的飞鸟

各自东西。我们紧紧抱住,
好像自身也都不能自主。
狂风把一切都吹入高空,

暴雨把一切又淋入泥土,
只剩下这点微弱的灯红
在证实我们生命的暂住。

这不但是乱世,还是乱世中的一个暴风雨之夜。在这样的时刻,人最容易感到孤独无依,具体呈现出来,是在一个狭窄的空间里,一切都慢慢地跟你拉开距离。明明是一个躲避风雨的茅屋,但却像在荒原上。我们都想寻找安定,要从哪里寻找安定呢?

从我们的本原去寻找,就像我们会从母亲,甚至会从女性的身体去寻找一种安慰,因为女性是母亲,是我们的本原。

在这里,"钢炉"在诗人的想象之中,在他的逻辑推理之中,它肯定会想回到母亲的子宫,也就是深山的矿场里去。它是从深山采出来的,在风雨飘摇之际,它只想回到它的母亲那里,成为当初的"矿苗"。而手边的这把瓷壶,它向往的是江边的陶泥,那也是它被铸造出来的地方。它们不但向往着自己的过去，向往着自己的童年，向往着自己的出生之地，它们甚至好像要展翅飞翔，飞回去。

风雨呈现了这样一个机会，让它们摆脱被人类使用的工具性，回归自然。从广阔的时空感观来看，最终它们也还是会回去的，就像人类也会回到大地，成为宇宙中的一个原子一样。

在万物分崩离析，万物都有所归宿的情况下，人类如何寻找自己的归宿呢？冯至写到了"我们"，他和他的爱人，也可能是他和他的朋友、同志，"紧紧抱住"。

"紧紧抱住"，这是一个为了能在这狂风暴雨之中寻找固定位置的姿势，抱着彼此，更加有重量，不被风带走。但同时也是一种在我们同类之中寻找本原的努力。他的爱人成为他的本原，因为人类能依靠的只有人类自己。

这个时候，"暴雨把一切又淋入泥土"，泥土被做成壶，承接了水，这个意象本身就呼应着大地承接暴雨的意象，在这个意义上，壶已经完成回归本原的心愿。原来那些钢炉、陶器，回归本原的愿望并非是天马行空的，并非只是诗人一厢情愿加给它的。原来如果我们珍重地去看身边的万事万物，尤其是从大自然里提炼出来的手工制品，就会发现它其实就是在呼应着它的本原。

我们常常觉得人生如此虚无，但有一句话的确是能够推翻这种虚无的，那就是笛卡尔所说的"我思故我在"。

这句话非常有力，我们唯一能够辩驳我们虚无的，就是我们现在在思考虚无的这个行动。

冯至写了这样一首诗给我们，让我们得以思考虚无。虽然是"暂住"，毕竟就是"住"，虽然短暂，毕竟留下了我们的痕迹，这个痕迹甚至不用具体地去留下，只要我们思考过我们的存在，那就证明这个存在并非是一个玩笑，一个虚无。就像这盏灯一样，点燃这盏灯的这个暴风雨之夜，跟没有点这盏灯的暴风雨之夜截然不同。

而这首诗的写作意图也由此可以看出来，抗战的民族跟不抗战的民族彻底不同；说"不"的人，跟逆来顺受、犬儒地接受一切的人如此不同。这一声"不"，就能证明我们生命的"暂住"。

历史的诗意 26

> 每一个历史的戏剧里无足轻重的小角色,其实都是我们的投影。

当代历史是不只属于"人中之盐"的书写

咏史诗,是中国传统诗歌的一个相当重要的组成部分。好几位著名诗人,都以写历史给他的同行以及后辈留下了深刻印象,像杜甫、李商隐、杜牧。

古代人写史诗,或是借古讽今,或是借酒浇愁,多是发挥教化的功能,借由一首诗,把过去的错误转化为当下的借鉴,或多或少要通过这首诗来显示自己的政治能力,这也是儒家传统施加给古代诗人的使命。

当然,他们往往不会成功,诗人多少带有一厢情愿,执政者根本不太理会诗人的借古讽今。不理会倒好,一理会,说不定还会人头落地。于是咏史诗又慢慢变成借酒消愁,拿古代命运相似的义士或是怀才不遇的名士,来浇自己块垒。

今天如果你还要写这种关于历史的诗，多少会有点尴尬，现在的读者从诗中所期待的，不再是一种教化。有句话说得特别好———历史都是当代史，如果要从历史中找到当代的成分，我们首先要重建当代普通人的历史话语权。重建的方式，就是通过对历史上的普通人、历史上的小人物的重视，重新回答历史到底属于谁的问题。

把古代史官只写权贵的这支笔还给老百姓，这是正当的，因为历史洪流中的每一滴水，都会导致旋涡的出现。每一个历史的戏剧里无足轻重的小角色，其实都是我们的投影。最后诗人通过这些描写，要说出他对这个世界的看法，以及对小人物的生死的看法。事实上，谁能说，谁的生死更轻更重呢？

很能说明这句话的，是一首痖弦的诗，《盐》，这首诗可以用惊心动魄来形容。

盐

痖弦

二嬷嬷压根儿也没见过托斯妥也夫斯基。春天她只叫着一句话：盐呀，盐呀，给我一把盐呀！天使们就在榆树上歌唱。那年豌豆差不多完全没有开花。

盐务大臣的驼队在七百里以外的海湄走着。二嬷嬷的盲瞳里一束藻草也没有过。她只叫着一句话：盐呀，盐呀，给我一把盐呀！天使们嬉笑着把雪摇给她。

一九一一年党人们到了武昌。而二嬷嬷却从吊在榆树上的裹脚带上，走进了野狗的呼吸中，秃鹫的翅膀里；且很多声音伤逝在风中，盐呀，盐呀，给我一把盐呀！那年豌豆差不多完全开了白花。托斯妥也夫斯基压根儿也没见过二嬷嬷。

这首诗是一首相当北方的诗，南方人很难想象——盐，这种人类生存最基本的物质，怎样在一个人的生命中缺席，成为她最后的牵挂，而最后她也得不到。

这里面涉及两个人物，一个是农村里的老妇人，连姓名都没有的二嬷嬷，另一个是陀思妥耶夫斯基，他以写人类的苦难命运、宗教情感的折磨与超越，以及难以超越而著名。他最有名的作品《罪与罚》《卡拉马佐夫兄弟》《白痴》都涉及这几个主题，既有尘世的怜悯和绝望，也有宗教的救赎和虚无。

从基督教的角度去理解盐，会对这首诗有不一样的看法。《圣经》里说，义人——有义气的人，会做好事的人——是"人中之盐"。就像做菜，如果缺乏了盐的调味，它就会索然寡味，但是有了一点盐，一切就不一样。所以"人中之盐"，就是人里边的精华，人里边不可或缺的存在。盐，是最基本的一种调料，但它又是最高贵的，不是人人都能成为盐的。

到底二嬷嬷是前者还是后者？陀思妥耶夫斯基是前者还是后者？骤眼看来很清晰的，陀思妥耶夫斯基是人中之盐，而二嬷嬷呢，她也是盐，她是最基本的，却往往被忽略的盐，被扫走了的盐。

二嬷嬷是不是就是注定不能在历史上留名的人？陀思妥耶夫斯基认为他的作品尝试给俄罗斯很多像二嬷嬷这样的人留名。然而现实是什么呢？现实是"二嬷嬷压根儿也没见过托斯妥也夫斯基"，只有"天使们在榆树上歌唱"。每逢饥荒的时候，榆树皮往往被扒下来吃，这里呼应着不能开花的豌豆。豌豆是普罗大众可以吃的食物，但是豌豆没有开花结果，人们就只能寄望于榆树，而榆树上面站着天使，其实这也是通往死亡的道路。

与此同时，一个盐务大臣——多么霸气的名字，一个管理盐的人也能称为大臣，他的骆驼队在七百里以外的海边走着。盐对他们来说唾手可得，但是在清末，这种与民生有关的商务已经崩溃失效了。

七百里，并不是太远，但它流转不到二嬷嬷所在的地方，就是所谓皇上的恩威也压根鞭长莫及，来不到底下的每一个小民那里。

而二嬷嬷呢，她瞎掉了眼睛，她根本就没有看见过海。同时这又是一个隐喻，瞎掉了的眼睛里，连眼泪都没有了，眼泪和海水一样也是咸的，里面也有盐分，但是她的眼睛欲哭无泪，即使她继续叫着，盐呀，给我一把盐呀！但回应她的是站在榆树上的天使们，不但没有盐给她，反而给了她一场大雪。

这场雪，既是灾荒年间必然的配备，也象征了冷酷的天意。这令我想到杜甫有一句诗，"眼枯即见骨，天地终无情"。他安慰一个小兵说，你别哭了，你再哭，眼睛哭干了，就会露出你的骨头来，天地是无情的，你要自己珍重自己。

二孃孃的眼睛就是哭干了的，连雪打下来，也不能滋润她，天意也是冷酷。

接下来笔锋一转，大历史出现了，1911 年，辛亥年。辛亥年，起义了，变天了，但是对于二孃孃来说，这有什么意义呢？二孃孃拆下自己的裹脚带，把自己吊死在榆树上。

裹脚带是捆绑、阻碍了这个女性一生的象征物，到最后却成为她寻求解脱的唯一可以依赖的旧时代的象征。用这样一个旧时代的象征去解放自己，那是对 1911 年这些党人的革命的绝大反讽，为什么普罗百姓没有能从革命中得益呢？

二孃孃解放了，但她走进的是野狗的呼吸中，秃鹫的翅膀里，就像藏人的天葬一样，她获得了一种残酷的自由。这种所谓的自由，只是我们自己安慰自己，甚至是安慰无数像二孃孃这样的人的一种说法而已，因为她们活着太苦了，死去，无论如何，也可能是一种解脱吧。

接下来，不只是她在叫了，因为她已经渗透到接纳她死亡的万事万物里去。很多生命在喊——盐，给我一把盐。这种众生合唱像是哀歌，又像是刚才树上的天使，在歌唱着共同的命运，不只是二嬷嬷一个人，是万事万物都欠缺这一把盐的救赎，都欠缺这种"人中之盐"来到他们身边，带给他们希望。

剩下的只有遍地的豌豆，它开花了，开了白色的花，这白花是诗人的悲悯，是哀悼。就像鲁迅说，他曾经想在《药》这部小说里面的坟头上放一朵白花。虽然没有希望了，但诗人悲悯，安排了这一场白花的开放。这场白花也是呼应着盐和雪的意象，归根到底，这是绝望。

所以，痖弦接着说，陀思妥耶夫斯基压根儿也没见过二嬷嬷，谈不上拯救，谈不上怜悯。陀思妥耶夫斯基跟诗人痖弦还有我们一样，都只能从文字里寻求一点救赎，而这个救赎，根本去不到二嬷嬷这样的人身上。

这样的一首诗，就好比一部微小说，它的情感容量，时空跨度，却巨大得可以跟一部中篇甚至长篇小说相比——俄罗斯，中国的北方，海边运盐的队伍，像一幅长卷一样展开，而这幅长卷上的这三者是隔绝的。

痖弦是一个台湾诗人，而且是一个台湾的外省人，他从中国大陆流离来到台湾，以这样的身份，去反思辛亥革命和正统历史里面书写的意义，跟我们这些没有亲身参与过战争、参与过国家改变的人是非常不一样的。也只有痖弦这样的经历，才能够让他可以无愧于心地去写这么一首诗。这首诗并不是居高临下的意淫，而是感同身受。所谓"兴，百姓苦；亡，百姓苦"。

这首诗为什么这么惊心动魄？就在于他写出了这种不可逾越的大悲剧，这种悲剧发生在每一个人身上，不只是在历史书上。

我们的确只是一堆不为什么而闪耀的"泡沫"

和痖弦同时代，还有一位同样书写那段流离失所的历史的诗人——洛夫。

洛夫有一个外号叫"诗魔"，2018年，他去世了。在纪录片《无岸之河》（《他们在岛屿写作》系列纪录片之一）中，我们可以看到，现实中他其实是一个敦厚、有点拘谨的胖胖的老人，一点魔性都没有，甚至可以说是温柔而令人安心的人。他把更多魔性的力量放在了他的文字里。他的诗，想象力惊人，语言上追求一种"语不惊人死不休"的张力效果，所以在比较循规蹈矩的诗人或读者眼中，他的确充满了魔性。

也许正因为这样，很多人并不喜欢他这些诗，觉得他有点造作，有点用力过猛，或者说卖弄技巧。我不太喜欢他一些著名的作品，也是这个原因。我更喜欢他早期那些孤绝的、带有政治暗讽的作品，比如《泡沫以外》《灰烬之外》系列。

那时候的他肯定跟痖弦、商禽这些虚无主义者是战友，其实，他们本身并不虚无，只是触及了国共相争那段灰暗的历史。

泡沫以外
洛夫

听完了那人在既定河边钓云的故事
他便从水中走来
漂泊的年代
河到哪里去找它的两岸？
白日已尽
岸边的那排柳树并不怎么快乐而一些月光
浮贴在水面上
眼泪便开始在我们体内
涟漪起来
战争是一回事
不朽是另一回事
旧炮弹与头额在高空互撞
必然掀起一阵大大的崩溃之风
于是乎

这边一座铜像

那边一座铜像

而我们的确只是一堆

不为什么而闪烁的

泡沫

    这首诗源自洛夫的亲身经历,他参与过国共内战,也参与过国军在越南的战斗,最后战争给他带来的是泡沫一样的幻灭。一般人就到泡沫为止了,而诗人觉得在泡沫以外,还有很多可以说的,于是他的整首诗像一个倒叙,去追溯泡沫以外还有什么。

    一开始它像黑暗童话的开头,有一个人在既定河边钓云。如果熟悉中国古典,会马上联想到这句著名的反战诗——"可怜无定河边骨,犹是春闺梦里人"。无定河很虚无,既可以是一条河的名字,也可以说不管哪一条河,只要流进战场,都会冲洗战死者的骨头。触目惊心的是,他的妻还不知道他死去了,还在梦见他。

    与之相对的,洛夫说是既定河。既定河看起来好像是定下来了,没有无定河那么虚无,但是从另一个角度来说,它更加绝望,每一条河都是既定的,每一条河都会成为无定河。

    那个在河边钓云的人,是一个鬼魂,还是一个在收拾骨头的人呢?反正他钓完云,另一个"他"就从水中走出来了,像是被他钓出来一样。但走出来以后,他不知何去何从,他就像一条没有了岸的河。这个比喻很准确地定义了1949年以后这些找不到家乡何在的流离者。所以,洛夫的纪录片就直接用这一句来命名,叫作《无岸之河》,点出了洛夫他们的决绝——我们就做没有岸的河好了,没有岸的河一样可以奔涌,不需要非得寻找它的岸。

接下来,洛夫写的是类似李华《吊古战场文》里的场景:白日已尽,月光浮在水面,那是一种日月同悲的景象。在日月同悲的背景之下,诗人终于顿悟,战争和不朽并不必然相连。当它们碰撞起来的时候,只是暴露了它们都是骗局。

战争本身就是一场骗局,都是利益的争夺,然后粉饰上种种主义、理想。打仗的人被骗说,你们的英魂会不朽,然而不朽也只是骗局。战争与不朽一碰撞,反而碰出了真相,真相就是一阵崩溃之风,崩溃的就是这种"伟大的骗局"。于是铜像也暴露出了它的面目,毕竟铜像也就是铜像而已,难道铸成铜像就真的不朽吗?反而"一将功成万骨枯"中那些万骨枯者,他们真实地直面自己是一堆泡沫。

虽然是泡沫,但却是会闪烁的,而且不为什么伟大的目的而闪烁。它不是星星、火炬、灯塔这些伟大的事物,它闪烁只为了一点——破灭,泡沫在破灭的那一刹那是会闪光的。到最后诗人才呼应前面钓云的人,云和白骨和泡沫是有相似之处的,当云掉到河里,像骨头一样被洗刷以后,它就变成一堆泡沫。

这首诗虽然虚无,但却有血有肉,充满锐气,饱含着二十世纪政治与理念的矛盾。一个有良知有承担的华语诗人,应该用文字对这段历史进行反思,洛夫用这首诗挺身而出。

所以还是那一句:一切历史都是当代史。

现在我们还会成为这样的泡沫吗?洛夫没有机会再回答了,但是他有另一首诗,叫《湖南大雪》,在其中最精彩的那一段,可以听到他的答案。

湖南大雪(节选)
洛夫

街衢睡了而路灯醒着

泥土睡了而树根醒着

鸟雀睡了而翅膀醒着

寺庙睡了而钟声醒着

山河睡了而风景醒着

春天睡了而种籽醒着

肢体睡了而血液醒着

书籍睡了而诗句醒着

历史睡了而时间醒着

世界睡了而你我醒着
雪落无声

  无声，既是一种抗议，也是一种态度，一种静静地记取历史的态度。不过如果这首诗交给今天的我来写，我也许会把每一句相对的两个名词互相置换，写一首——风景睡了而山河醒着，时间睡了而历史醒着。这是我们这个时代的状况，我们忠于我们的痛苦，而洛夫忠于洛夫的痛苦。

废墟的诗意

27

当我们说到终结,它其实还有另一层意义,那就是完满。

世界末日对人类来说没有意义

在诗歌里,末日从来都不是宗教经典上的末日那么简单。无论处理多么虚无、消极的题材,文学都是积极的,这种积极不是盲目乐观,而是让你看到世间万物里积极的能量,即使面对末日,文学依然能够歌唱。

波兰诗人米沃什有一首诗就叫《一首关于世界末日的歌》。

一首关于世界末日的歌
切斯瓦夫·米沃什
张曙光 译

在世界结束的那天

一只蜜蜂绕着三叶草,
一个渔夫补着发亮的网。
快乐的海豚在海里跳跃,
排水管旁幼小的麻雀在嬉戏
而那蛇是金皮的,像它应有的样子。

在世界结束的那天
女人们打伞走过田野,
一个酒鬼在草地边上打盹。
蔬菜贩子们在大街上叫卖
一只黄帆的船驶近了小岛,
小提琴的声音持续在空气中
进入一个缀满星光的夜晚。

那些期望闪电和雷声的人
失望了。
那些期望征兆和大天使喇叭的人
也不再相信它会发生。
只要太阳和月亮在上面,
只要黄蜂访问一朵玫瑰,
只要蔷薇色的婴儿出生
就没有人相信它会发生。

只有一位白发老人，会成为先知
但还不是先知，因为他实在太忙，
一边架着西红柿一边重复着：
这世界不会有另一个末日，
这世界不会有另一个末日。

这首诗表面上跟末日毫无关系，他写的明明都是日常发生的事。但仔细一想，我们这个世界是否还理所当然地拥有这些日常？并不一定。

渔夫在补网，海豚在跳跃，一切都在平和中静静滋长，很多地方已经没有了这种平和的景象。我敢说，很多城市，很多被战争、贫困以及各种社会问题所纠缠的地方，都很难找到这种景象。也许我们已经不配有一个这样的世界末日。

米沃什是一个背靠整个欧洲文明的诗人，他的诗也极其强调文明的力量和欧洲的价值。虽然欧洲也经历过"一战""二战"的毁灭，但最后也靠它自己的力量在修补——就像那位渔夫一样，有让人能够称之为人的尊严、权利和未来。就是在这样一种背景下，米沃什尝试去说末日的意义。当我们说到终结，它其实还有另一层意义，那就是完满。

结束不一定是"出师未捷身先死"的遗憾，有可能是已经完成这一切，已经臻于圆满。甚至我一直认为海子的自杀也是这样一种意义,他是觉得自己已经做好了自己要做的事情,比如写诗,所以他的去世是安然的离去。

在诗中,蜜蜂绕着三叶草,渔夫当然是要补网,海豚当然是在海里跳跃,麻雀当然是在嬉戏,一切都在秩序中,万物都有它的秩序,那就是一种完美。接下来,妇人们打伞走过,酒鬼打盹,这让我想起了莫奈所画的一些法国的日常印象。他有一幅画,是他抬头看过去,他的太太打着阳伞逆光站立,于是他把这个场景画下来。我在巴黎奥赛博物馆看到这幅画时,忍不住流下眼泪,我觉得它代表人类全部的幸福。

接着诗人写道,船必然是要驶进港口的,它是要回家的,它不是要离开,不是要去一个未知的世界冒险。这个时候,艺术家出现了,小提琴的声音在空气中持续着,并没有中断。这是一个充满星光的夜晚——可能是凡·高的星月夜,对接下来期望闪电和雷声的人,这是一个有力的反驳。

这些毁灭的光和声音,被艺术家的创造所取代。雷声比不过有人类情感灌注其中的古典音乐的声音。闪电必然没有这个平和的闪烁着满天星斗的夜晚——凡·高的星月夜——那么辉煌。自然的荒芜、自然的毁灭被艺术家的创造所取代,这也就是我说的米沃什对人类文明的歌颂。

而"大天使喇叭"指的是《圣经·启示录》里关于

地球的毁灭。但是很不好意思,诗人说,你们会失望,《启示录》并不是启示末日的,它只是在规劝现实,规劝我们珍惜现在。接着诗人铺陈的依然是现在的力量,太阳和月亮是阴阳的力量,蜜蜂访问玫瑰是生育的延续。蜜蜂只要访问玫瑰,花粉就得以传播,理所当然生出来的是蔷薇色的婴儿,它是玫瑰之子。

人类的孩子出生的时候,皮肤是会熠熠发光的。没有人相信,也没有人会同意,所谓的末日可以发生,甚至包括那常常预知末日的先知,他忙得无法去跟你谈论什么末日,因为他要整理他的西红柿。他依然还在整理生的继续,他也许在告诉我们,即便在末日发生这一天,也应该有一天的意义。

写诗的人喜欢说这么一句话,当然,也许只是我喜欢的——把每一首诗当成遗作去写,把每一日都当成世界末日去过。如果只剩下一天了,也会珍惜这一天的每一分、每一秒,会爱慕地看着能看到的一切。

如果这样的话,世界末日对于人类来说是没有意义的,因为我们已经珍惜过这个世界了。

关于结束的说法里,我最爱归零

在希腊的圣托里尼岛,我写过一首小诗,来呼应米沃什的《一首关于世界末日的歌》。

圣托里尼岛是一个雪白的小岛，上面点缀着蓝色的屋檐，背后是一片无涯的熠熠发光的爱琴海。到了黄昏，据说那里拥有全世界最美的日落。但我在圣托里尼岛感觉到的不是激动，不是那种我终于来到了世界十大美景之一的激动，我获得的是一种深深的平静。就在这种平静之中，我想起米沃什这首《一首关于世界末日的歌》，于是我写了一首叫《圣托里尼小启示录》的诗去回应它。

圣托里尼小启示录
廖伟棠

世界再度毁灭前的上午，
一只绿蝇凝翅在希腊，
在圣托里尼岛，
和她的哥们，
如常醉于海天之色。
而一只胖狗在门外吟诗了一夜
此刻叼着从克里特
飘来的暮岚之碎香
心满意足等待末日。
驴子们亦如常
上下于尘世与天国的边缘，

随口跟我念诵阿门。
但那个沉默的渔夫肩扛炼狱。
炼狱已经倾斜六十度
就快要翻覆——此刻有异象——
海面粹起金边的尽头
阔步走来荷马与米沃什。
就在我如学徒躬身
在爱琴海的银盘上排列完
羊毛一样的那首古代的歌诗……
世界朗笑归零。

这首诗的一开始，我尝试去阐释米沃什诗中的末日，我用了"再度毁灭"。末日是可以一再地发生的，因为每一天都有可能是末日，而每一天也都有可能是这个世界的重新诞生之日。

当它再度毁灭的时候，也有很多像米沃什所写的生物在活动，苍蝇继续在沉醉，那只胖胖的狗在吟诗。这只胖狗其实是我自己，我躺在那里写诗，觉得自己就像旁边的流浪狗一样那么快活，那么心满意足。

那些在圣托里尼岛负责带领游客上上下下的酒店侍应生，简直就像这个城市和天堂之间的电梯，把人一再救赎出来，从外面纷扰的世界带到这么宁静的国度。所以大家都要一起来念一句，阿门。

同样是一个渔夫，这回，他不再修补渔网。修补渔网其实带有"二战"之后知识分子修补世界的意味。但是到了我写这首诗的2013年，渔网也许又破了，也许再不能修补了。有一个炼狱在等待着我们。但我们还有能够扛住这个炼狱的人，他们和渔夫一起顶住，那就是荷马和米沃什，这是象征了人类文明最伟大、最精粹的诗歌力量的人。

在他们面前我当然是学徒了。我能做的却不是一个简单的活，我是要在爱琴海的银盘上——如果在圣托里尼岛俯瞰爱琴海，它就像一个巨大的银盘在闪闪发亮。我在上面排列羊毛一样的那首古代的诗歌，一个个细小的波浪，像一根根羊毛。这是流传不衰的史诗，关于金羊毛的史诗，关于海伦的史诗。

当我和这些前辈一起完成象征文明延续的这首诗时，现实中我也写完了这首诗，这个世界也到了尽头，但它并不是悲惨地走向末日，而是朗笑着归零。

所有关于末日的电影，几乎没有美好的。世界末日是一个终结，就像个体面对死亡一样。如果面对这个世界的死亡，不但是地球这样的一个物理世界的死亡，同时还是一个精神世界的死亡的话，我们还能够怎样去想象末日之后的未来？

我觉得是有的。当人们面临无情的废墟时，还能够在废墟上种花。末日从来都不是末日那么简单。它不可能是彻底的终结。

关于结束有很多种说法,"归零"是我最喜欢的一种。归零意味着重新开始。零是万物的源头,也许在这一个逻辑里的终结,是另一个逻辑上的开始。这就是我所理解的末日与未来。

28 科学的诗意

> 科学对于诗人来说,就是生存的技术,他从中发现了一种原初的、朴素的诗意。

光动万物,草木欲言

这一讲我要聊聊科学的诗意。

请不要被这个名字吓到,我不是要讲最尖端的、经过专业训练才能理解的科学,我要说的是万物之间发生关系的规则。这是科学的根基,当人们去深究它,一方面会走上纯粹理性的科学研究,一方面文学创作者经常会在这种"深究"里发现一种诗意,这是自然万物与生俱来的诗意。

人类本来也是自然万物中的一员,只不过我们把自己定义成"社会人""城里人",而忘记了那种与生俱来的与万物呼应的能力。我自己最早觉悟到这一点,是刚刚开始写诗的时候,大概二十岁左右,我写过一组关于鱼的诗,叫《鱼们》。一条鱼,慢慢沉到深海中去,再也不回到水面上了，这当然也是在写年轻的我某种孤绝的心境。

在那组诗里，有一句是"水越深，歌声就漫长"。我写出这一句是因为留意到有一种说法，声音在水中的传播会比在空气中传播慢很多，而且水越深会越慢。当深海潜水员敲击铁块发出声音，提醒对方彼此的存在时，越到深海是越困难的。

这是科学的事实，我却从艺术的角度反过来想，鱼是沉默的，但假如鱼歌唱那会怎么样呢？如果深海中鱼能够唱出一首歌，这首歌会不会被水拉得很长，很久很久才传到人的耳朵里去？而它越长，这首歌也就绵延得越广阔，越动听。

这是对科学的一种诗意的误读，但是在诗里，这是合法的，不要拿真正的科学来质问我，那样就没有意思了。诗人要做的是"曲解"，它在科学里经不起推敲，在文学里却是经得起推敲的隐喻。

有一位诗人就很善此道，虽然他其实是一个务实的人，他叫加里·斯奈德，是美国现在还活着的最精于东方文化的诗人。他会汉语，会日语，曾经在日本京都当过和尚。更多的时间他住在美国的一片森林里，当过防火的瞭望员，后来在森林里盖房子、耕作，跟他的孩子住在一起，有很多追慕他的学生也会去那里帮忙。

加里·斯奈德刚出道的时候被归为"垮掉的一代"，其中的代表诗人是艾伦·金斯堡，一个愤世嫉俗、放浪形骸的同性恋诗人，也是积极的反战诗人，后来又成为一个宣扬藏传佛教的诗人。加里·斯奈德跟金斯堡很不一样，虽然他们是好朋友。他们还有另一个好朋友凯鲁亚克，写过一本《达摩流浪者》，这些朋友在小说里以化身出现，其中加里·斯奈德是以一个智者的形象出现的，他懂得很多大自然的奥秘，又懂得很多佛教的奥秘。

他把这些奥秘传给这些疯狂生活的人，让他们时时能够看到明亮，看到智慧在闪烁。"垮掉的一代"因此成为不垮掉的一代，只不过他们的生活方式和我们习以为常的不一样，但他们这样去寻找生活的目的和真理，却有自己的一套，往往比我们做得更好。

斯奈德是一个激进主义者，他写的诗绝大多数都跟他所生活的美国森林有关，是他作为一个劳动者所看到和感受到的。

光的作用

加里·斯奈德

梁秉钧 译

它温暖我骨头

石头说

我吸进它，它长出

树叶在上
树根在下
树木说

一个广渺而模糊的白色
把我从夜里拉出来
飞蛾边飞边说——

有些东西我能闻到
有些东西我能听到
我能看见的东西更多了
鹿说——

一座高塔
在辽阔的平原上
如果爬上去
一层
你就会多看见一千里。

有意思的是,这首诗里很多种说话的声音,在现实中都是不能说话的——石头、树木、飞蛾、鹿,而能说话的诗人,隐藏在这背后,为它们代言。这让我想起了李白的一句诗,在《长歌行》里,他写"东风动百物,草木尽欲言"。东风吹过来，百万物被东风吹动，它们都想说话。在加里·斯奈德这首诗里，是光照到森林里的万物，万物也想说话，而诗人感受到了万物的冲动。他看到它们在光里闪闪发亮，觉得它们是要跟自己诉说，于是诗人索性把自己代入石头、树木、飞蛾中去。

石头是冰冷的，它觉得自己这块老骨头被温暖了，这是光的安慰，对冰冷的有历史的事物的安慰。树木吸进光，获得生长。接着从眼前飞过一只飞蛾，飞蛾是趋光的昆虫，它会看到一个模糊的光，把它从黑夜里拉出来，这就像一个人对某种能够引领自己的事物的渴望。最后出现的是鹿，这非常有趣，你不知道鹿说的是前面的话还是后面的话，其实两者可能都是它说的，而且说着说着这只鹿变成诗人本身。

斯奈德很想成为这样一只鹿，因为它就像一个诗人一样，能闻到东西，听到东西，看见更多的东西，这就是诗人的敏感。诗人像鹿一样敏锐，他比一般人看到的、感受到的更多，而且他觉得还不够。这里斯奈德的中文修养出来了："一座高塔/在辽阔的平原上/如果爬上去/一层/你就会多看见一千里。"我们马上想到耳熟能详的唐朝诗人王之涣写的这一句："欲穷千里目，更上一层楼。"

多么奇妙！从最自然、最基本、最朴素的万物慢慢地去听、去走、去写，最后来到一个古老文明传达给我们的古老智慧，而且这一切浑然一体。我想只有斯奈德这么一个日夜在大自然中浸染，又熟读中国古典诗的西方诗人，才能够写到这里来。

这是光的作用，又何尝不是诗的作用呢？正因为有诗，光和石头、树木、飞蛾、鹿以及诗人自己能产生的关系，就不是一个纯粹客观的科学的给予与接受，而是闪烁着情感和真理，从人类出发又回到人类去，当他回来时，他携带着自然万物给予的加持。从最初看到石头被光照耀，到写完这首诗，在人的意义上，他丰富了很多。

这也是我在加里·斯奈德身上发现的非常重要的诗人的素质，要做好一个诗人，首先要做一个完满的人。

操斧伐柯，虽取则不远

斯奈德是一个生活在大自然里的诗人，除了诗人这个响当当的名头，他同时还是一个农夫、猎人、消防员，甚至还会维修汽车，而他的诗差不多都来自这样的生活经验。所以当我想讲科学的诗意时，我马上想到他，因为科学对于他来说，其实就是生存的技术，而他从中发现一种最原初的、最朴素的诗意。

斯奈德早期最有名的一首诗，叫作《斧柄》，我们就以这首诗为例，来感受一下这位美国农夫眼中科学的诗意。

斧柄

加里·斯奈德

许淑芳 译

四月最后一周的某个下午
教凯怎么甩手斧
飞旋半圈后扎进树桩。
他想起有一面手斧头
没了柄,就在店里
便去弄了来,想拥为己有。
门后有一截断斧柄
配这把手斧足够,
我们把它砍到长短合适
连同那斧子头
以及木工斧一起拿到木墩上。
接着,我用木工斧
削那旧斧柄,而最初
从庞德那里学来的诗句
在我耳边响起!
"当你制作一把斧柄
模型不在远处。"
于是我对凯说:
"你看:要削一根柄,

只要好好看

削东西的这斧子的柄。"

他明白了。我又听见:

公元四世纪陆机

在《文赋》序言中

所说:"当用斧头

砍削木头

去制作斧柄

那模型其实近在手边。"

这是陈世骧老师

多年前翻译并教我的

于是我明白了:庞德当过斧子

陈世骧当过斧子,现在我是斧子,

儿子是柄,过不了多久

要由他去斧削别人了。模型

和工具,文化的手艺,

我们就这样延续。

整首诗只是朴素地描述了一个小小的事件,但从这个小事件里,从父亲为孩子修理一把斧头开始,拉到了这个父亲年轻时候学汉语的经历,再拉到汉语怎样影响当代西方诗歌的历史,其中庞德就是一个重要的桥梁。

汉语最初是怎样发现修理斧头的诗意的呢?原来是

陆机在《文赋》的序言里写道,"至于操斧伐柯,虽取则不远",意思是,当你用斧头把新的木头削成斧柄,用来做柄的准则,其实就在你的手里。因为你是一边看着手里的斧头,一边把木头削成柄的。

而这一句话又是陆机从更早的《诗经·国风》里引用的。《国风》说:"伐柯如何?匪斧不克。取妻如何?匪媒不得。伐柯伐柯,其则不远。"斯奈德把它翻译成现代诗:

你如何削出斧柄?
没有斧子没法办到。
你如何娶得媳妇?
没有媒人无法办到。
削斧柄,削斧柄,
那模型并不遥远,
而这里有位我认识的姑娘,
美酒和食物排成一行行。

这一连串的回溯,是为了这首诗最后所说的,文化的延续出其不意,谁也想不到,《诗经》会影响陆机去思考文学创作里的准则问题。我们创作一首诗或者文学作品,准则很可能就在手边,就像拿着斧头去做斧柄一样。

陆机的文章又影响了一千六百多年以后西方的一位

大诗人庞德，而庞德又影响了一位汉学家，在加州大学任教的陈世骧，陈世骧又影响了他的学生，诗人加里·斯奈德。而加里·斯奈德，先是通过手把手的教导影响了他的儿子阿凯——凯是他儿子的日文名字，斯奈德的太太是日本人——同时又通过这首诗来影响读者，比如我，我现在又通过解说来影响正在读书的你。我们一开始都是木头，后来被削成斧头，斧头又去削另一块木头，不断循环，文明就是这样传承的。

收录《斧柄》这首诗的诗集就叫《斧柄集》，可想而知斯奈德多么重视这首诗。这本诗集里的斯奈德是一个敦厚实在的人，甚至继承了中国诗歌说教的一面，像《斧柄》这首诗就带有说教的成分。他翻译寒山的诗，也带有劝世的意味，甚至比他推崇的另一位中国诗人杜甫还要更多说教和劝世的意味。

但是加里·斯奈德把这种说教美国化了，把它套到一个拓荒时期的美国人的生活经验中去，他的说教是落在实处的，全部根源于自己的劳动。在《斧柄集》里，一个年过五十的中年男人，在山居生活中，事必躬亲。他带着两个儿子，在每一件事务上传递生活经验。这是一种生存智慧，否则是没法在美国的荒野生存下来的。

这种生存的智慧，斯奈德把它写成诗。他向我们传递生活经验，甚至是诗歌经验。在斯奈德这里，这是从东方引领过来的。

刚才说"操斧伐柯，虽取则不远"，斧是斧头，柯是柄，则是标准，三者的隐喻是很明显的。但是还有一点，"不远"。我喜欢"不远"这两个字，在加里·斯奈德的诗里，它令我想起之前我讲周梦蝶的时候也讲过的，孔子所说的"未之思也，夫何远之有"。你没有想它而已，你一想，它就不远了。诗歌是一种无比亲近的事物，它在我们身边，给我们提供智慧、美感和更深刻的感受。虽然它写着遥远的事物，但总是把遥远的事物拉到我们身边来。

在加里·斯奈德的诗里，就常常有这样一种思念，他思念着地球和人类的本来面目。而我们去写类似的诗，也是尝试去想起我们的本来面目。这个本来面目，现在经常被说成是初心，我觉得说本来面目可能更朴素。正因为思念这种本来面目，我们才得以亲近真理，就像海德格尔说的，诗人与真理为邻。

而斯奈德传递真理的手法，往往就像刚刚那首诗一样，以一种山间农夫的惊喜口吻，让读者用一种现在进行时参与他的发现。我们好像跟着他一起找到一把斧头，找到一条木，把它装起来，随喜赞叹。所以我们对这位诗人和对他传达的真理，也感到亲近。

加里·斯奈德写过很多关于干活的诗，他懂得各种木匠的活儿，他把这些写到诗里，就像一个农夫在记录他的日常。所以我说斯奈德是先成为一个完整的人，再成为诗人的，这就是他和大多数诗人的区别。

他甚至写过类似《深夜与州长谈预算》这样的诗，这个题目听起来特别像唐朝某一个官僚诗人所写，杜甫就写过非常多。一千年过去，很多诗人是绝对不敢碰这个题材的，因为觉得这好像毫无诗意。其实并不是毫无诗意，而是诗人本身发现诗意、处理诗意的能力，比不上一千年前的人而已，斯奈德就力求追上这种诗意。

斯奈德还写过一首《移开反铲机液压系统的泵板》的诗，看题目像是一个机修人员写的说明文。这种诗可能连唐朝的诗人都不会碰，不但因为唐朝没有反铲机液压系统，还因为唐朝的诗人其实也大多不事生产，不会直接像陶渊明那样拿着锄头去劳动。

移开反铲机液压系统的泵板

加里·斯奈德

许淑芳 译

穿过污泥、脏乎乎的坚果、黑色污垢

它打开了一道无瑕的钢铁闪光

锻造安装得完美

输入与输出的涡旋

永不间断的明晰

在工作的

中心。

整首诗写成倒三角形,是在回应着旋涡的形状。掀开一台机器的面板,它运作的样态,就像大自然里旋涡的旋转,是永不间断的、明晰完美的、闪着光的。诗人打开的是一台机器,但诗的一开始就把它还原为大自然的植物——坚果。有机物和无机物完美地呼应着,都是大自然的继续。

这诗意是独一无二的。

29 政治的诗意

> 文学必须干预政治,直到政治不再干预文学为止。

一个有关地球的祈愿

这本书已经渐渐接近尾声,越到尾声,越应该讨论一些重要的东西,这一讲要说的是关于政治的诗意。

首先在政治意义上使用"政治"这个词的中国人是孙中山先生,他认为"政"是众人之事,"治"就是管理众人之事。这里借鉴的是古代最早的政治——古希腊的政治。

古希腊政治是城邦政治,除去妇女、奴隶和外邦人,只要年满二十岁的男性公民,都能够参与城邦的管理和统治。在古希腊人看来,人是具有德性的,人生活的意义在于实践自己的德性,而且人是天生的政治动物,这两者是互相作用的:人们通过政治,在公共活动中展现他的德性。亚里士多德就说过,政治的目标是追求至善。在古希腊，人与人之间在政治关系上是平等的，大家都服从于自己参与制定的法律。

但是政治怎么衔接到诗里呢？除了之前讲过的反抗的诗，自由的诗，诗如何去触碰一种政治的理想状态或者政治的极端状态？我选了两首很不一样的诗来分享，第一首是严力的《还给我》。

还给我
严力

请还给我那扇没有装过锁的门
哪怕没有房间也请还给我
请还给我早晨叫醒我的那只雄鸡
哪怕已经被你吃掉了也请把骨头还给我
请还给我半山坡上的那曲牧歌
哪怕已经被你录在了磁带上也请还给我
请还给我
我与我兄弟姊妹的关系
哪怕只有半年也请还给我
请还给我爱的空间
哪怕被你用旧了也请还给我
请还给我整个地球
哪怕已经被你分割成

一千个国家

一亿个村庄

也请你还给我

严力是一个画家出身的诗人，比北岛年轻一点，是属于朦胧诗中后期出道的诗人。他的诗和朦胧诗明显不一样的一点是，带有更强烈的后现代主义的气质，语言也更为口语化。

这首《还给我》是严力的代表作——以他铿锵有力的排比句。其实排比句是诗的大忌，但如果用得好，它在书写政治主题的诗歌里，大有用途。这首诗中的排比是用门、鸡、歌这些最日常的事物串起，中和了排比句表面上的咄咄逼人，实质上它成了一首反咄咄逼人的诗。它不断列举出谬误，不断指出这个世界应该有的样子。首先他需要一扇门，是没有装过锁的门。就算没有房间，他也需要这扇门，因为这扇门象征了他出走的仪式——自由。

第三四句是最有名的。能够让我启蒙觉醒的那只雄鸡，它象征了某种精神，虽然它很可能已经被某种力量吃掉了，但可不可以把骨头还给我？因为这只雄鸡最重要的就是它的硬骨头。这是一种精神的力量，有了骨头，我一样可以成为这只去叫醒别人的雄鸡。

而有了出走的自由，有了叫喊的自由，就要呼喊艺术的自由。艺术当时遭遇的境况是磁带的兴起。这首诗写于二十世纪八十年代，商品意识开始出现在中国大陆，音乐慢慢变得商品化和私有化了。但是严力说，我要的是山坡上那首牧歌，不是磁带上的牧歌，就算录到磁带上，你也要还给我。这是在反对艺术的商业化，也是在反对通过商业垄断艺术。

"请还给我／我与我兄弟姊妹的关系"就更有意思了。我猜测这首诗写作的时候，可能是计划生育实施不久。

再上升一层，他谈到爱，"还给我爱的空间"，不是说这爱的空间被破坏了，也不是爱的空间成了恨的空间——当然，严力那一代经历过二十世纪六七十年代，他面临的的确是一个充满恨意的空间，但他说更可怕的是爱被用旧了。

因为有太多东西假以爱的名义，某种概念、某种目的、某种行径，甚至某种理想，都冠以爱，但这样的爱是一种滥用。爱最基础的就是人与人之间的爱，而不是人与某个概念之间的爱，或者人与某个集体之间的爱。不断地用这个"爱"字，把它用得残残旧旧的，现在能不能把它还给我，让我把它重新变回我所期待的爱呢？

诗的最后，"请还给我整个地球"，是天真但又非常有力的一个祈愿，可以说它是和平主义者的祈愿。有一部关于世界末日的片子这样讲，当末日来临，首先消弭的就是那些人为的道路、鸿沟、分割，那才是一个真正的地球，而人类的分割带来的是争端、战争。地球已经被分割成一千个国家,一亿个村庄,但对于诗人来说,地球就是那个圆形的整体。

在这首诗中有一种背水一战的抵抗,它不断地说,哪怕,哪怕,哪怕……无论你把我推到怎样的极端,我都能在绝境里逢生,在绝境里找到回旋的余地。因为失去一切的人,是无所畏惧的人,他不再害怕还有什么可以失去,所以他能从废墟里重新开始。

如果星空不再召唤道德律

诺贝尔文学奖获得者、诗人布罗茨基说过这样一句话:"文学必须干预政治,直到政治不再干预文学为止。"

这当然不是说要和政治肉搏,或者文学家应该去参政,而是说文学要对政治当中健康和不健康的因素同样保持敏感。这些因素很可能和我们的未来有关,会像滚雪球一样,从一个轻微的政治现实,慢慢卷成一个民族、一个国家甚至整个世界的命运。

政治和每一个人都相关,然而时代昏昧时,却往往催生出沉默的大多数。这里我想分享一首诗,与你讨论沉默是如何到来的。它来自布罗茨基崇拜的诗人,也是我最喜欢的俄罗斯诗人,曼德尔施塔姆。

1921年,曼德尔施塔姆最好的朋友,同为诗人的古米廖夫被称为"反革命"遭到处决。古米廖夫是另一位诗人阿赫玛托娃的丈夫。曼德尔施塔姆、阿赫玛托娃、古米廖夫曾经被称为俄罗斯"白银时代"最著名的诗人,而他们自称自己为"阿克梅派",是在希腊语"άκμη"的基础上创造出来的,意为"人类最好的年龄"。

最好的朋友被处死,知道这个消息之后的曼德尔施塔姆写了一首冷峻但令人动容的诗,这首诗里含有一个诗人对大时代的敏感,对政治中悸动着的可怕的东西的敏感,然后诗人尝试呼唤他的读者去警醒。

我在屋外的黑暗中洗涤
奥西普·曼德尔施塔姆
黄灿然 译

我在屋外的黑暗中洗涤
天空燃烧着粗糙的星星,
而星光,斧刃上的盐。
寒冷溢出水桶。

大门锁着,
大地阴森如其良心——
我想哪里也找不到
比这清新画布更纯粹的真理。

星盐在水桶里溶化,

冻水渐渐变黑,

死亡更纯粹,不幸更咸,

大地更移近真理和恐惧。

诗人黄灿然翻译的这个译本近乎完美,非常忠实于我所读到的布朗和默温的英译本。

原作里的意象有着像寒冬空气一样的清冽,而在中文里,我们也能感到这种清冽。这种对悲剧高度清晰的注视,让我想起导演塔可夫斯基的电影镜头。

塔可夫斯基被视为一位诗意的导演,他的电影被称为电影诗,但实际上,它也是政治的电影和历史的电影。他拍摄一个艺术家在沙皇时代的挣扎,那是电影《安德烈·卢布廖夫》;他拍摄一个抵抗法西斯的年轻小士兵,在大时代里面如何忠于自己的命运,那是《伊万的童年》;他拍摄他母亲的那部电影叫《镜子》。每一部电影,他都把诗意用清晰有力的镜头结构呈现出来,就像曼德尔施塔姆这首诗里意象的转变一样。我们可以看到,诗人非常艰难但又非常决绝地去面对俄罗斯命运的巨变,而这个巨变折射在每一个俄罗斯人身上,尤其折射在刚刚死去的他的朋友古米廖夫身上。

这首诗由一个戏剧化的意象开始,一个人在黑暗中走出户外,在寒冷的俄罗斯,在户外快要结冰的水里洗涤。他在洗什么,诗人并没有写,他洗的可能是亡友的衣服,可能是这个国家的罪恶和悲剧。

同时在天空上,星星燃烧着,竟然是粗糙的。我们眼中的星星,都是精致的、优美的,像亚里士多德所说,星空像和弦一样在奏鸣。在古代西方理性里,星空绝对不会是粗糙的。

康德说,世界上唯有两样东西值得仰望终生,心中的道德律和头顶的星空,就是因为心中的道德律和天上不断注视着我们的星空的存在,这种形而上的终极意义上的压力,令人能成其为人,能够受良心制约。但现在星星烧着了,变得粗糙了,而星光落在水桶里,落在我正在洗涤的水里,它变成一把斧头上的盐,这把斧头也许就是夺走我朋友性命的那把斧头。

既然星光变成斧头上的盐,倒推一下这个意象,盐所依附的斧头呢?就跟黑夜一样,它是不分青红皂白降临下来的,没有任何人能够逃过黑夜,也没有任何人能逃过这把斧头,这是一种不分青红皂白的杀戮。

但是盐留下来了。盐是什么?在讲痖弦的《盐》这首诗时,我就说过,盐是人当中的精英,精英被杀害,精英依存在利刃上,昏昧的时代散发着寒意。盐溶化在水里,所以水才会慢慢变黑,就像黑夜降临大地。诗人用了"阴森"这个词。

大门锁上了，我们回不了家，回不到作为母亲的大地的怀抱里，就像星空不再呼唤道德感，两者都不再庇护我们，于是我们的良心也昏暗了。

但是对于诗人来说，这正是真理浮现的时刻，死亡变得纯粹，人的不幸染上了盐，每一个人都跟死亡发生了关系，这个不幸不是一个人的不幸，是整个时代的不幸。

不幸不断地加剧着，但当我们睁大眼睛去看，除了恐惧，我们还能看到这个时代的真理。死亡渐渐和冰冻的水融合，像盐一样，渐渐成为这个民族的集体记忆，会在未来成为我们漫长的忏悔和漫长的救赎。洗涤的动作就是一个渴求救赎的动作。

这里我要补充一下，杀戮者的洗涤和受害者的洗涤是不一样的。在莎士比亚的戏剧《麦克白》中，麦克白夫人唆使丈夫杀人之后，她着急去洗手，结果越洗手越红，那盆水慢慢变成一盆血水。人只要犯了罪，那是永远洗不掉的。而受害者的洗涤是为了还原那个没被血污染过的人，为了还原死去的朋友的本来面目，还原历史的本来面目。

德国戏剧大师布莱希特说，"这是个什么年代，关于树木的交谈都近乎于犯罪，因为它牵涉对于太多罪行的沉默"。我们大可以交谈树木，交谈花朵，交谈这个世界美丽的东西，我们已经交谈了许多，现在来谈谈我们不能沉默的事物。

我希望我们还能继续交谈下去。关于那些让我们不能沉默的东西,和那些试图让我们沉默的东西,我们就回赠它们一首诗吧。

30 世俗的诗意

> 入世,是为了淋漓尽致地去看看这个世界,然后才能给出一个回看世界的可能。

来自农耕文明最后的抒情

这一讲,我想谈一谈世俗的诗意。

世俗的诗意也是属于凡尘的、质朴的诗意,在讲这种"质朴的诗意"之前,我先要讲讲我们对世俗的一种误解。

我们似乎觉得世俗肯定是要乱其心志,令写诗的人沉溺其中。尤其我们相信诗歌是一种高档的精神活动的时候,就不期然把它跟最形而下的吃喝玩乐、衣食住行对立起来,更别说劳动人民在泥土里打滚、在风雨中来去的生活,好像都被排斥在诗以外,或者说被排斥在我们想象的诗人生活以外。但是诗人是否真的是不食人间烟火的呢?

接着要讲的这位诗人,其实前面也提到过他,因为他是我们肯定不能绕过的一位诗人,那就是海子。

海子是过去三十年来中国诗歌里最善于写农村的人。当然他是农村的孩子，但他的诗的力度和狂妄的想象力以及高远的超脱，看起来是很不农村的。但当他写到农村的时候，他是最深情的，而且最能深入农业文明的某种精神内核，真正地挖掘农业文明的光芒在何处，所以他被称为中国农耕时代的"最后一位抒情诗人"，就像俄罗斯的叶赛宁一样，他所写的必然是哀歌。

当他身处八十年代末这个巨大的断裂冲击之下，他写出了一首强有力的农耕时代的挽歌，《日光》。这也是他的短诗中我最喜欢的一首。

日光
海子

梨花
在土墙上滑动
牛铎声声

大婶拉过两位小堂弟
站在我面前
像两截黑炭

日光其实很强

一种万物生长的鞭子和血!

当我用广东话读这首诗的时候，我发现，这个远在安徽农村的孩子，他所书写的北方黄土文明里的农村，跟我小时候经历的岭南一带的农村有相似的地方，那种热辣辣的生命力和泼辣劲。

太阳在这里相当毒辣，但对这份毒辣，万物是欢欣地去迎接的，何以见得？就从前面所写的"梨花"和"牛铎"，"牛铎"就是挂在牛脖子上的牛铃，这两者其实都是光的通感。

首先，梨花不是静止的，它是在墙上滑动的。就像太阳的白色光斑一样，随着太阳的运转，它在土墙上也是不断变化的。而且最关键的是，这是一面"土墙"，不是水泥混凝土，不是瓷砖，而是一面最质朴的土墙。土墙和日光之间发生了一种化学反应，好像直接就在墙上催生了这些梨花一样。而牛铃的声音是清脆的，它随着牛的脚步，一步一步、一颤一巍地传送到我们耳边。和移动的光斑一样，它带节奏感，这种节奏感来自劳动。

接着被阳光打动的，当然还有回乡的"我"。下面两句诗歌描述的场景，可能每一个从农村出来到外地上学，然后放假回乡的人都会经历——两个小堂弟，作为农村的代表，作为诗人出身的一个隐喻，站在诗人面前，像两截黑炭。

用黑来比喻光,非常强有力,类似的比喻我只在《荷马史诗》里见过。《荷马史诗》说太阳是阿波罗从雅典的山上往山下走来,就像黑暗降临一样。没有人有这么大胆,拿黑暗比喻太阳神,用完全相反的东西做比喻。

海子在这里拿黑炭来比喻日光,不只是日光,而且是农村,是整个农业文明的一双炯炯的目光,它逼视着我们的诗人。我们的诗人也坦然地接受它的逼视,然后这目光好像在阳光下燃烧起来,最后把人的生命变成两截可以继续燃烧下去的黑炭。

而被这种目光逼问的人,同时接受着阳光的再次洗礼,才能得出最后这一句,阳光是鞭子和血!鞭子呼应牛,血呼应牛和梨花两者,当然,鞭子也同时抽打在我们身上。

一个出身于农村的诗人海子,他本身带着一种负疚感——我如何能回馈我的乡村?就像鞭子抽打在他身上,他觉得要把全副血脉都偾张起来,让自己的强大意志生长起来,这才对得住自己所离弃的农村。的确,海子通过他的诗,通过他的生命,通过他后来的影响,他对得住生他育他的乡村。

中国诗歌是经验的诗歌,所有句子都脱胎于自己。东方诗歌的第一出发点是美,对美有所感应,再去追寻美背后的真和善,这就是经验转化为诗的一个过程。当你有过这种转化以后,你才能去寻求超验。超验是西方的哲学概念，中国诗歌没有强调自己怎样超验，实际上，它通过对经验的深入，自然而然去到了超验的境界，也就是说，通过入世而真正地做到出世。

古代那么多诗人去做官，去打仗，或者刚好相反，像杜牧、李商隐，出入于声色犬马的也大有人在。他们如此入世，正正是为了淋漓尽致地去看看这个世界，然后才能给出一个回看这个世界的可能。

很久以前一位香港诗人讲给我两句诗，"一梦繁华觉，打马入红尘"。从南柯一梦中醒来，并没有说要去超凡出世，反而迫不及待打马跑回红尘中。不是应该顿悟吗？不应该像宗教修行那样入圣吗？为什么还要入红尘呢？

其实哪有这么简单的顿悟呢！没有彻底地体验过要批判或者唾弃的生活，谈何顿悟呢？从来没有风流过，怎么能够坦然地面对自己的欲望呢？"打马入红尘"是为了赶紧看一看梦里的世界有多少真实，是不是白梦一场。这就是中国诗歌里强调的世俗的"经验"。

世俗可以是鸡毛蒜皮的，可以是低下地追求着最简单的欲望的满足，但它也可以是丰盛的，提供我们各种各样的滋养。而诗人的关键是在这滋养中去辨别哪些是适合自己的，并且把它们结构起来，提示出鸡毛蒜皮当中是否还有一些价值在闪耀。

真正世俗的诗意的取向最后往往会走向一种质朴健

康的诗意，无论它乍眼看起来写得多么土，多么乡下，带着泥巴气味，但实际上，它追寻的是一个人的本来面目。追寻这种本来面目的过程，也许是经过了繁华的洗练，也许是在这个大时代的变迁里边猛然抽身而出，就像海子那样。

在世俗的雨里决定成为那样的人

这次我要分享的一个诗人，可能大家已经熟悉他的名字，他叫宫泽贤治。他有一本很有影响力的童话书叫《银河铁道之夜》，曾被改编成漫画、动画。

宫泽贤治在中国的确只是以童话作家知名，这两年才出版了他的诗歌译本。其实他在日本既是大众的童话作家，又是所谓的"国民诗人"，他的诗能够感动最普通的人。当然他也有很多复杂的诗，有人甚至从宗教学、从哲学、从神秘学等角度去研究。

而他最著名的诗是《不输给雨》。记得日本福岛大地震时，我在新闻里看到一个镜头，在一个撤离了的课室里，黑板上还留着最后一课所写的板书，上面就是这一首诗。

不输给雨

宫泽贤治

顾锦芬 译

不输给雨

不输给风

不输给雪和夏天的忽热

拥有强健的身体

没有欲望

决不发怒

总是静静微笑着

一天吃四杯糙米

味噌和少许蔬菜

所有事情都不考虑自己

好好看仔细听并且去了解

然后不忘记

住在原野的松树林荫下的小茅草屋

若东边有生病的小孩

就去照顾他

若西边有疲累的母亲

就去替她砍稻束

若南边有濒死之人

就去告诉他"不必害怕"

若北边有人吵架或诉讼

就告诉他们"没意义,算了吧"

干旱时节流泪

冷夏时慌乱奔走

被大家叫做木偶

不被赞美

也不让人感到苦恼

我就是想成为那样的人

这首后来被写在灾区黑板上的《不输给雨》,宫泽贤治最早是用铅笔写在一张便条纸上的,是他晚年最终的觉悟。

这首诗首先写到的就是大自然的严酷,但是面对大自然的严酷,诗人说他不输给雨,不输给风。但这并非是出于改造自然、"敢教日月换新天"那样一种人类中心的狂妄。跟一样东西说我不输给你,不代表我要打倒你,要跟你为敌,也可以是跟你一起赛跑,一起成为大自然的一部分。

宫泽贤治说不输给雨,不输给风,其实是跟自然的风雨并肩站立,以便让自己成为拥有强健的身体,没有欲望,绝不发怒的跟大自然一样结实的人。这其实就是我们人类文明之外的世界的原始状态,很多动物都可以做到,植物更加如是,但人要经过很多修炼,才能重新成为这样一个泰然自若地存在于这个世界的灵魂。

宫泽贤治接着描述他每天的生活。他的生活看似世俗,但实际上世俗之人也未必能做得到——一天吃四杯糙米,少许蔬菜、味噌,凡事不考虑自己。

宫泽贤治生活在日本北部农村一个比较贫穷的县,他家里出身还算好,不过他看过身边很多农民的悲惨状况,于是选择去学农业。毕业回来,他组织一帮志同道合的人,建了一个小农场,去试验农业革命,以此帮助农民,教会他们科学知识。

环绕在他周围的是二十世纪初的日本农民,可想而知是多么的愚昧,就像他后面说的,又是吵架又是诉讼。实际上,我们看看现在的城市,这一切也是会发生的——疲累的母亲、生病的小孩、害怕死亡的人,吵架、诉讼比比皆是,并不是说农村才有。

但在农村里,解决的方式更加需要身体力行,有赖于宫泽贤治这样一个人。宫泽贤治没有想要在农村里发展一场运动,没有奢谈怎样改变世界,他只说要改变自己。他把自己改变成为那个拥有强健的身体,没有欲望,绝不发怒的新人,然后才去介入这个世界,让整个世界新生。

宫泽贤治改变这个世界的方式是非常朴素的,亲力亲为,坐言起行。母亲疲累了,他没有去写文章,悲天悯人或是提倡女权,他直接跑过去,帮她扛起她的稻束。如果有人吵架、诉讼,他直接跑过去告诉他们说,人世有更多有意义的事情，没有意义的，算了吧。

最后他有一个对自己相当严格的批评。他也承认自己无助的一面，感叹的时候他会流眼泪，出现"冷夏"这样一种违反自然的情况时，他也只能是慌乱地奔走。

大家以为他是一个木偶，实际上他只是顺应天，顺应自然。自然如何，他就在自然当中如何成长。而最终，我们所有人都会和自然融为一体。

在诗里有这样一句，"然后不忘记 / 住在原野的松树林荫下的小茅草屋"，这间小茅草屋不是一个被人住的地方，它是自己住在原野里。这间小茅草屋其实就是宫泽贤治的投射。他拥抱自己，像一间屋子一样先接纳自己，然后去接纳别人，接纳春天的万物，接纳所有事物的矛盾，而不只是接纳他们的美好。他用宽广的心，把所有成熟的东西都放到自己的内心，不需要人称赞，也不成为别人的苦恼，这就是我们所说的安贫乐道。

宫泽贤治知道自己的"道"，在其中自得其乐，而他和宗教圣徒、革命领袖最大的不同在于——他甚至不需要光环，他就是一间住在原野里的小茅草屋。

尾声
在寻找诗意的路上永远迷失

在这本书过去的三十讲里，我不断地解释诗，诗当然是可以解释的，但诗要是都解释了，那就索然寡味了。诗永远是在说出与不说出之间制造一个想象的空间，所谓诗无达诂，在这个没有定解的地方才能衍生出许许多多的解。有的诗进入化境时，索性是无解的。但是无解的诗，我们又如何去感受它呢？在这本书的尾声，我想留下一个出口，看看在诗的迷宫里，有多少分岔的小径。

实际上，对于一个真正的迷宫爱好者来说，没有一条道路是错误的。迷宫的乐趣正在于迷失，那么诗的乐趣是要解读还是不解读呢？我觉得恰恰在这两者的平衡。在解读它的时候，发现那不可解的部分，让我们赞叹；在不可解的部分，我们看出解读的可能性，跟作者心有灵犀，这种快乐对于我来说是无与伦比的。比如当我读到香港诗人淮远的诗。

淮远是香港著名的怪诗人和怪散文家。他写诗没有写散文多,但他对两者都是一种好像放肆的态度,在他的散文里能感觉到这种放肆,在他的诗里更加有一种微妙的感觉。这种微妙,来自他个人的清醒。他早年有一本限量非卖品诗集,叫《跳蚤》。我现在要分享《跳蚤》这本诗集里的点题作,这首诗写于七十年代,当时淮远还是一个二十出头的小伙子。

跳蚤
淮远

我看见一群跳蚤
攀附着风
风说我不想带着尘埃旅行

风说的对
事实上跳蚤和尘埃一样
但它们说:

我们想你吹掉
我们身上的尘埃

淮远的诗总是有一种冷幽默,永远都带着一种忧伤,而这种忧伤又是说不清道不明的，你读着笑一笑，后来又觉得怅然若失。因为他说中了世界的某一种真实的面目，于是让我们心有戚戚焉。

淮远的作品都是神龙见首不见尾的，这一首也是。他仿佛带着一种冷眼旁观的身份，冷不防向你抛出一个包袱，让你干笑几声，然后又沉默，你都不知道为什么自己会发笑，又为什么会沉默。

这首诗是一首辩证的诗，但这种辩证跟辩证唯物主义的辩证很不一样，这是一种伪辩证。我说它是伪辩证其实是在赞美它，它是一种主观的辩证，把我们带进诗人的逻辑，进入他的世界，然后面对他所营造的荒唐。它只有辩证的样子，实际上，它甚至是反辩证的。所以它注定是解不开的。

我能提示的是，这首诗带给我们三个视角的转换。

第一，是"我"的视角。我看见一群跳蚤在风中飞，但事实上跳蚤多小啊，我们怎么可能在一阵风里还能看见一群跳蚤呢？这是一个超现实的景象，或者说是一种象征，一种隐喻。

第二个角度，是风的角度。风很单纯，在它眼里，这些小小的跳蚤是攀附着它的尘埃。"攀附"是整首诗里面唯一带有一点褒贬色彩意味的动词，暗示着诗人"我"其实是不喜欢这些跳蚤的。

我厌恶它们，风也厌恶它们，但到最后一节，跳蚤出来，推翻你们的厌恶。跳蚤说，其实我才是主角，难道我想成为尘埃吗？我不过也是想风吹走我们身上的尘埃。

读到这里，不妨返回去反思一下，那个"我"其实身上也有一群跳蚤。我、风、跳蚤都觉得自己是世界的中心，其他人都是多余的，但我们到底是跳蚤，是风，还是原本的那个"我"呢？

这首诗没有给出答案。

接下来这首诗，是另一个香港怪人邱刚健的诗。其实邱刚健不能完全算香港人，他是在福建出生的台湾人，后来到了香港，又去了美国，最后在北京终老。

他是一个著名的编剧，得过金马奖，自己也参与过一些实验性古代情色片的制作，像《唐朝豪放女》《唐朝绮丽男》。到晚年，他写了大量的诗，其实早期他也针对越战、六十年代的文化等写过一些奇怪的诗，他的早期诗和淮远很像，带有强烈的反叛和讽刺精神。但到了晚年，他的诗开始带有强烈的东方色彩，有种邪邪的味道，或者说有一种深到骨子里的凄绝。

我选了他的《赋格：听巴哈》这一首非常特别的诗，作为我分享的最后一首诗。

赋格：听巴哈

邱刚健

是如何其的夜

是何夜如其

是夜其何如

是其夜如何

是如夜何其

是其何如的夜

是夜何如其

是何其如的夜

是夜如其何

是何夜其如

是如何其夜

是其如夜何

是夜何其如

是如夜其的何

是何如其的夜

是其夜何的如

是夜如何其

  这首诗，几乎把诗写成了音乐，像是一支赋格曲。巴赫以赋格曲著名，之前讲策兰的《死亡赋格曲》时也谈到了这点，赋格就是不断变奏的声部，造成一种绵延无限的效果。而邱刚健这首诗，就是对《诗经·小雅·庭燎》里"夜如何其？夜未央"的变奏，这句诗的意思是：现在夜到多夜了？那人回答，夜还早呢，没穷没尽的。

据说这是周宣王早晨上朝之前，跟报时官之间的对话，写宫廷早朝的情景。而邱刚健写这首诗，跟我在最后分享这首诗给大家的用意相似，这是一首告别的诗。邱刚健在2013年罹患绝症去世，他在知道自己即将离开他的爱人，离开他的读者和观众之前，写了这首诗。

这首诗无穷无尽地去变化"夜如何其"，就好像我们愿意永远荡漾在这夜色之中，永远不想天亮。在这个茫茫黑夜里漫游，其实是我们的幸福。

诗也是这样，这本书也是这样，它是一个出发点，不是终点。祝大家在寻找诗意的路上，在写诗与读诗的路上，永远迷路下去。

后记
未之诗也,夫何远之有?

三年前梁文道找我构思一个关于诗的课程时,我首先想到的,是现代人对现代诗的疏远。这简直像一个反讽,正所谓"文章合为时而著,歌诗合为事而作"(白居易《与元九书》),诗人并没有放弃他们的时代,为何时代却难以理解它的诗人?

而且同代人惯于责备我们的诗人,甚至懒得去反思诗与现实之间所谓的鸿沟是怎样被臆想出来的。既然这样,我不妨做一些努力,在这臆想的鸿沟上面架一些轻盈的虹桥。于是,就有了本书的雏形:在"看理想"网站的现代诗课程"诗意:关于新诗的三十种注脚"。那个课程有两个形式上的特色,一是大部分是我根据主题"脱稿"(其实大多无稿)的演讲;二是我用母语——粤语来朗读我所引用的诗。

首先我要感谢创作这些名篇杰作,让我得以赏析的诗人前辈及朋友，部分未有机会告知的诗人，希望日后我有机会面谢；其次感谢文道和他的团队，尤其是编辑何艳玲，她为把我的语音整理成文字做了非常认真的工作；最后也是最重要的，感谢繁简体出版的两个编辑团队，你们和我一样，依然相信人们感受诗意的能力在这个时代并没有沦丧，只是因为大家行色匆匆而轻易地与诗擦肩而过。

于是，我们做了这本书，为了在这个一切都在隔离和疏远的时代，我们可以因诗而亲近。

未之诗也，夫何远之有？让我们一起读诗写诗吧。

2021 年 4 月 27 日夜

"我们学习做梦,

　　尊重做梦的人,

　　是和诗亲近的第一步。"